U0526767

被定格的红与蓝

赤と青と
エスキース

［日］青山美智子 著
烨伊 译

湖南文艺出版社
博集天卷

目录

CONTENTS

序言 …… 001

第一章 金鱼与笑翠鸟 …… 005

第二章 东京塔与艺术中心 …… 055

第三章 番茄汁与蝶豆花 …… 089

第四章 红鬼与蓝鬼 …… 125

尾声 …… 185

赤と青とエスキース

序言

赤と青とエスキース

我站于挂在墙上的一幅画面前。

这幅画用只有我明白的话语,讲述着万语千言。
我面朝可爱的它,露出微笑。

啊,真是一幅好画。

第一章

金鱼
与
笑翠鸟

赤と青とエスキース

一切只要开始就必将会结束。

这个道理所有人都知道，却时常佯装不知，或是在某时某刻真心以为结束的那一天不会到来，因而总是轻易地爱上他人；或是在被人告白后觉得自己好像也喜欢上了对方，回答"我也是"。世上有的是这样成双成对的人。就像锅中煮开的水的泡沫会咕嘟咕嘟地消失一样，到处都充满了开始和结束。

一切都是如此。开始总是比想的容易，结束总是枯燥乏味。难的是继续，漫无目的地继续，不知道终点在哪里，只能在变化中保持不变。

有人问我，愿不愿意做素描模特。

一月初的墨尔本夏日正盛，我们在雅拉河畔一家露天咖啡厅的大遮阳伞下躲着太阳，喝着柠檬汁。

游人来来往往的人行道另一侧的水面闪闪发光，虽然是河水，我却觉得它飘荡着淡淡的海潮的气息。

"我有一位很有画家潜质的朋友，我给他看了你的照片，他说想画下来。"

我吃惊地瞪大了眼睛，不觉得自己的身上有什么能让人想把我画下来的闪光之处。

"为什么要画我？"

"他说你的头发很美。像你这样又长又直的头发，在澳大利亚大概很少见吧？他说他早就想画一位东方女性了。"

他一面将梳子插入我的长发，一面说。我从未烫染过的黑发从他的指缝间顺畅地滑下。

大家管这只手的主人叫"阿布"。他似乎很中意这个爱称，在自我介绍时通常只说一句："I'm Boo（我是阿布）。"因为澳大利亚也有很多中国台湾人和韩国人，一开始，我甚至不知道他究竟是不是日本人。认识很久以后，我才知道他的全名。

"可我没做过模特啊。"

见我犹豫，阿布摆了摆手。

"你只要往那里一坐就行了。只要在下星期中间的几天里抽一天就行，怎么样？其实他是想拜托你多来几天的，但你没时间了嘛。"

我沉默了。气氛变得有些尴尬，阿布侧过脸，用手撑着下巴。我也垂下眼帘，玩着吸管。

没时间了，因为我下个周末就要回日本了。

去年的一月下旬，我以交换留学生的身份来到墨尔本。这边的大学一般在二月开始新学期，提前来是为了做好准备。我在这里度过了整整一年，回国的各项手续都已经办完，机票也买好了。之后我将返回日本的大学，在毕业前再修一年必修的课程。除了这些，还有求职和毕业论文等着我。

低着头的阿布像突然被按下了开关似的，露出明亮的笑容望向我。

"拜托啦，只要一天就好。他说画个草图就行了。"

"草图？"

听到这个陌生的词，我抬起头来。

"就是草稿的意思，在真正动笔作画之前画个速写稿。他说他之后可以看着速写稿不慌不忙地完成整幅作品。所以需要一天……半天也行。"

阿布的语气无忧无虑，十分爽朗。我总会上他这种语气的当。

"……好吧。"

见我答应下来，阿布笑了，开始给我介绍他这位"有画家潜质"的朋友。

据说他的这位朋友边同时打好几份工,边自学绘画,画的主要是水彩。他刚满二十岁,也就是比阿布和我还要小一岁。

"他叫杰克·杰克逊。这是他的本名,听起来很帅气吧?"

阿布露出洁白的牙齿得意地说,仿佛在讲自己的故事。

风从河面上吹来,吹动阿布长长的刘海,露出他平坦的额头、清楚的眉毛。双眼皮下面的眼睛浑圆且闪闪发亮,好像年节菜①中的黑豆。

我还能再见到这张脸几次?

作为西方人,杰克·杰克逊算是个子小的,和不到一米六的我差不多高。一头明亮的棕色头发弯弯曲曲地打着卷,一双小眼睛透着聪明却又藏着纯真,让人想起树荫下某种温驯的小动物。

阿布向他介绍了我,我也跟他打了招呼。杰克轻轻歪头,露出一个微笑。阿布之前说过,他不怎么听得懂日语,于是我们用英语简单交谈了几句。

我去拜访的是杰克的画室——说是画室,其实就是他住的公

---

① 年节菜:日本人在庆祝新年时吃的传统菜肴,煮黑豆是其中不可缺少的一种,意在祝福全家人在新的一年里更加健康、勤奋。

寓。外面天气晴朗，公寓里却像下雨天一样，散发着潮气。

一张小床贴着窗户一侧的墙靠边放着，屋里配的家具只能满足最低限度的生活需求，而且都褪色严重。

房子中间摆着一个画架，上面放着图画纸。杰克坐在画架前的圆凳上。

他的对面有一把带靠背的木椅。

"你坐到那里。"

我照杰克说的坐下，不知道椅子四条腿中的哪条短了一截，导致椅面不平，歪斜着发出了小小的"嘎吱"声。

杰克望着坐在正对面的我，有些不好意思地说道："可以坐得稍微歪一点吗？然后看这个方向。"

他伸出左手，抓了抓自己旁边的空气。那里也摆着一只圆凳，大概是为阿布准备的吧。不过阿布没有坐，他一会儿看看书架上的书，一会儿看看窗外，在屋里走来走去，像个孩子似的踏实不下来。

我挪了挪身子，杰克便直勾勾地望向我。我心里有些发毛，不由得紧张起来，绷紧了身子。

"活动一下也没关系的，放松就好。"

站在窗边的阿布故意做鬼脸逗我笑，我装作没有看见，一本正经地抬起下巴。他坏笑着坐到床尾，拿起手边的一本画集开始翻看。

杰克的表情忽然放松下来，他说："你衣服的颜色真漂亮。"

他指的是我身上这件红色的棉质罩衫，简约的圆领，半袖的袖口上打着装饰性的褶边，胸口处别了一枚蓝色的翠鸟胸针。这是我第一次做绘画模特，为该穿什么衣服烦恼了很久，最后选了这一件。

不知道阿布记不记得，那一天我穿的也是这件罩衫。

※

认识阿布，是在去年的三月初。

那时的我在城里的免税店打工。愿意痛快地雇日本留学生工作的店，大抵就只有游客常光顾的纪念品店和日本餐厅了，因此竞争相当激烈。到墨尔本后，在找到这家店之前，我已经参加了好几场面试。

面试很少会有回音，我还曾在看到店内的海报时当即应征，对方却告诉我："我们已经不招人了。"

每星期工作两天，这数小时的劳动虽挣不到太多的钱，但父母本就不富裕，我实在不忍心问他们要更多的生活费。大学的课程已经让人焦头烂额了，我不想把太多的时间用在找兼职上，有地方愿意雇我，我就很感激了。

一天，我和一位名叫由里的日本前辈一起值班。由里是办了工作假期签证来墨尔本的，比我大九岁。

说实话，我不擅长和她相处。我没见过哪个女人会像她那样张着大嘴，大声地说笑。

还有，每当有事发生时，她都会夸张地大喊："Oops!"那是当地人在惊讶或面对一些小失误时常用的拟声词，类似于"哦唷"。不知道为什么，每次听到她这样喊，我都觉得不好意思。

尽管如此，作为在职场上遇见的为数不多的日本人，由里的存在到底让我心安。再说，她主动跟我说话，我也不能装作没听见。

"明天我男朋友会请一帮朋友到公园烧烤。"

店里有一阵没客人，由里在清闲的时候对我说。

"真好呀。"

我不咸不淡地应和了一句，她却问："你要来吗？"

我还在含糊其词地想要推托，她对我说的话已经变成了"过来玩吧"，很快又换成了"要来呀"。

来到墨尔本已经一个月，可我还没交到一个朋友。

我原本就不是愿意主动和人交流的类型，却期待着自己到海外留学后，性格会有改变。

从十几岁起，我就一直在想，自己到底能做些什么？

我喜欢英语，所以大学也选了英语专业，挑战了交换留学的选拔考试。通过考试时，我真的很开心。我想，到澳大利亚后，我可以学习地道的英语、体验多姿多彩的生活……我一定会更了解自己。

最让我兴奋的事莫过于阅读与留学相关的小册子和归国者写的报告。我抱着一丝淡淡的希望——只要能去墨尔本读大学，我就会变得积极主动，能冲破国籍的限制交到许多朋友，还会练成一口流利的英语。

然而，抵达墨尔本后，一切都很不顺利。昏暗的学生宿舍里，我跟每一个人都合不来，共享的厨房和浴室用起来也很不顺手。

既然如此，我便寄望于能在大学里遇到在学问上志同道合的朋友。可身边都是一些上课打盹儿或和别人聊个不停的学生，我看到的全是他们的缺点。不过，我也没法因此就以优等生自居。因为曾让我颇为自信的英语到了这里根本无法和人交流，我一下子就成了差生，也不会找时机和班上的学生搭话。不知从什么时候开始，我总是孤身一人。

这和我原先想象的不同。我以为自己会度过一段乐不思蜀的留学时光，却才到墨尔本不久就想家想得不得了。

尽管如此，我也不能弃权退出。既然我是通过交换留学的制度出的国，此事就关系到将我送出国门的日本大学的信誉。不出重大的差错，我根本不可能半途而废。

对我来说，唯一的安慰就是交换的期限已经定好，只有一年。

无论如何我都要忍过这一年，必须咬牙坚持到结束。

静待时间流逝吧，只要在这段时间里拿满学分就行了。

我还没说要去，由里已经讲起举办烧烤派对的公园位置、聚会时间和要准备的东西了。

忽然，我想起大学的课上布置了一项下星期要交的作业：准备一次以周末做的事为主题的演讲。

周末在公园参加了烧烤派对。

我本想用读书或打扫卫生等事情糊弄过去，但烧烤派对明显更适合作为演讲的主题，肯定还能给老师留下好印象，让他觉得我是个"开朗的学生"。

我内心的天平刚刚偏向"去"，由里却拧着眉凑过来说："穿件颜色明亮些的衣服来吧，你总是穿土气的衬衫，会让别人误会你性格阴暗的。"

她的直言快语多少让我有些失落，但她的这句话或许没错。

于是，工作结束后我去了趟商场，打算挑选一件平时不会选的亮眼的衣服。不过，我手头本就不宽裕，摆在铺面里的衣服还净是大尺码的，几乎都不合我的身材。转到第三家店，我终于看中了一件十美元的半袖棉质红罩衫，第二天中午就穿着它出门了。

那是秋高气爽的一天。

由里告诉我的那座公园绿意蓬勃又很开阔，园内架起了好几个炉灶。除了我们，还有几拨人带着食材来公园聚会，大家按自己的喜好，各自享受着烧烤的乐趣。

由里看到我便立刻挥手，向我介绍了她身旁的那位澳大利亚男人，说是她的男朋友。不过我们的交流仅此而已，在这之后，她便不再管我了。

有两三个人来和我搭话，但他们的语速很快，还有澳大利亚口音，我听不清楚，重复说了好几次"Sorry（不好意思）""I beg your pardon（可以请你再说一次吗）"，这也让我越发抱歉。最终我沉默了，只在脸上堆出讨好的笑容。毫无疑问，渐渐地，我又成了孤身一人。

参加派对的人大概有十个，全是陌生的面孔。但似乎不止我一个人觉得周围的人陌生，大家好像都是被各自的朋友叫来的，只在有必要的时候才会做一个简单的自我介绍，告诉对方自己是谁、来自哪里。即便如此，大家仍然很快就打成了一片，除了我。

"I'm Boo."在我要给饮料续杯的时候，阿布来和我打招呼了。他刚到公园，就简单地对好几个人说了这句话。

倒扣着的篮子上放着一盒装好的红酒，我还是第一次见到这样的包装。两升装的红酒纸盒上有一个塑料的拧盖，我觉得新鲜，便盯着看了一会儿。身后突然传来一个声音："这种装在盒子里的，叫盒装红酒。"

我回过头，阿布站在我身后。他的日语说得慢悠悠的。

阿布的刘海长长地挡在眼前，他戴着耳环，背带裤又肥又大，一侧的肩带耷拉着。他并不邋遢，只是喜好这种风格。

他带着亲切的笑容走到我身旁,往纸杯里倒了红酒递到我面前。深红色的液体填满了白纸杯的圆底。

"谢谢。"

见我接过纸杯,他也给自己倒了一杯,很快便咕咚咕咚地喝起来。

"好喝!"

他的神情幼态,跟喝酒的行为很不相称。

阿布没有走开,而是站在我旁边,这让我觉得安心。仿佛有他站在这里,这里也就有了我的"位置"。

我也将纸杯放到嘴边,虽然我的酒量不好,但这盒红酒的葡萄味很浓,馥郁的香气让人觉得舒服。

"你好像金鱼啊。"

阿布看着穿褶边袖红罩衫的我说。

"这种感觉的金鱼,我小时候在绘本上见过,是圆玻璃缸里的那种。"

不知道他这是对我的夸奖还是嘲讽,我只好露出暧昧的笑容。每到这种时候,我就不知该如何反驳,不禁为自己着急。

尽管如此,紧张的情绪还是在不经意间缓解了——被让我安心的日语和"金鱼"这个亲切的词缓解了。

在阿布的催促下,我和他拿着纸杯去到长椅上坐下了。

我们并肩坐着慢慢喝红酒,边喝边一点点地向对方讲自己的事。

阿布好像是一岁时从日本来澳大利亚的,他的父母是画商,得到了澳大利亚的永住权。一岁后,阿布一直在墨尔本。在日本时的生活,他自然已经一点印象都没了,据说从记事起到现在,他还没有回去过。现在的他就读于设计类院校,在学习平面设计。

我和阿布同龄,他得知我是刚来留学的,便问:"你去过维多利亚国家美术馆了吗?"我回答还没有,他又连珠炮般问出了一串景点:博物馆、动物园、植物园……每一个我都没去过。

"不去不行,我带你去。"

这时,一位梳马尾辫的女孩路过,用日语说了句:"呀,是阿布。"她有一束头发挑染成了黄色。

"你在跟谁搭讪呢?还是这么轻浮呀。"

女孩笑着用手背拍了拍阿布的脸,阿布没动弹,戏谑地说:"别打搅我——我正跟漂亮的小姐姐喝酒呢。"

能如此轻松地说出这种俏皮话,我打心底里羡慕阿布的坦率。

他应该有很多朋友吧?无论在什么场合,他都能配合对方顺利地聊下去。这是一种才华,一种我丝毫不沾边的才华。

梳马尾辫的女孩这才正眼看了看我,对我说:"这个人很会玩的,你要小心哟。"

说完,她向我扬了扬唇角,但眼神中没有一点笑意。下一个瞬间,她便凑到阿布的身旁压低了声音讲话,仿佛我根本不存在一样。

"下星期之前,我们再去喝一杯吧。"

"嗯,你方便的时候联系我。"

阿布简短地做了回应,抬起了一只手。女孩也一样对阿布挥了挥手,扬长而去。

望着她的背影,阿布笑眯眯地说:"那姑娘是过来短期留学的,只待三个月。说是下星期签证就要过期了。"

"这样啊。"

"日本有很多年轻人到这边来呢,要么来留学,要么来打工度假。"

我喝了一口红酒,没有发表意见。

澳大利亚气候宜人,是很受日本人欢迎的出国目的地。我上的那所日本大学也因为在墨尔本有姐妹学校而颇有人气。我参加选拔考试,也是看中了澳大利亚宜居的环境。

由里正和男友一起,守着炉灶烤一根大香肠。他们手舞足蹈地聊着天,朗声大笑。

有人躺在草坪上,有人和朋友一起玩带来的飞盘。风穿过林木吹来,空气里飘着烤肉的香味。抬起头,天空是清澈的蓝。

"哇,等等,你说的是真的吗?好夸张啊。"远处传来一声高音调的日语。刚才那个梳马尾辫的女孩摇晃着一个鬈发男人的手臂,高兴地喊得很大声。

我大概是有些醉了，呆呆地望着眼前这一派祥和的光景。

"这里是龙宫。"

阿布干哑的声音突然传进我的耳朵，我像被闹钟吵醒了似的，浑身一激灵。

"原来大家都以为这里是龙宫。"

他的语调没有起伏，明明刚才还笑得一派天真，脸上现在却没有任何表情，不免让人有些害怕。如果我是玻璃缸里的金鱼，他便是住在深海的寂寞的鱼。

"你说的大家，指的是谁？"

阿布没有回答我的问题，平淡地继续道："我观察过好几个人了，大家都没把这里当作现实的世界，然后就离开了。"

阿布既不愤怒，也不悲伤。

他只是放弃了一切。

不过，阿布在喝光杯中的红酒后，便又立刻活泼起来。那之后，我在他脸上见到的便只有好脾气的笑容了，以至于我忍不住心生疑窦：刚才到底是怎么回事？

分别之际，阿布在便笺上写下电话号码递给我，说："方便的时候联系我。"

刚才他也是这样说的，我想。他对那个女孩说，方便的时候联系他。这就是阿布的态度，把选择权交给对方。而他一定不会拒绝对方的邀约。

我没告诉他我的联系方式，因为他没有问。

就这样，我忘了那张夹在手账中的便笺。直到不久后，学校发给大家维多利亚国家美术馆的打折券时，我才想起它来。

美术馆本身可以免费入场，好像只有看特设展览需要花一点钱。我对美术没有特别的研究，但当时正好听说有古董餐具的特别展览，就有了兴趣。

打折券可以买三个人的票，我打开那张从手账里取出的对折的便笺，看到写在上面的电话号码。

"这个人很会玩的，你要小心哟。"

到了这个时候，梳马尾辫的女孩的话才从我心头闪过。

那天的烧烤派对我因为落单而不安，阿布的陪伴让我松了口气。这一点，我并不否认。不过，他恐怕确实曾这样把自己的电话号码给过许多女孩吧。如果我拨给他，他肯定会认为我对他有兴趣吧。

美术馆而已，一个人去也没什么大不了的。

我折起便笺，正想再次把它夹进手账，却停下了动作。

"这里是龙宫"——我突然想起他说这句话时的声音和冰冷的双眼。

我再次打开便笺，凝视着流畅的笔迹，犹豫了一会儿。

朋友。

没错，我需要朋友。

英语流利，能与我在墨尔本的大街上简单地喝喝茶、开心地聊聊天的朋友。或许在新年到来之前，我和阿布能成为这样的朋友。

烧烤派对结束两星期后。

那个周末，我和阿布约在维多利亚国家美术馆的入口处见面。我比约定的时间提前了十五分钟到，可他已经到了，正坐在入口旁的喷水池边上等我。见我走过来，他"嘿嘿"一笑，说了声："你来得好早呀！"他甚至没有起身。

我又穿了那件红色的罩衫，因为我担心他记不住我的脸。

"你喜欢红色吗？"

阿布从喷水池边站起来。我"嗯"了一声。我说了谎，其实是因为我只有这一件穿得出门的衣服。

许多人走进馆里，身高、体形、发色、肤色各不相同。设计成拱形的半圆入口如同一张巨大的嘴，将人们吞入其中。

美术馆大极了，一天根本逛不完。大约转了两个小时，阿布说着"休息"，带我去了馆里喝咖啡的地方。我们在卖场各自买了食物，端着托盘找到空桌子坐下。

"咦，搞错了。"

阿布望着托盘一角的零钱。大概是因为找零的时候空不出手，他就把零钱放在托盘上了吧。

"我去去就来。"

"少找钱了？"我叫住往卖场走的阿布，他略微偏过头，笑着说："没有，多找了我十美分。"

十美分还不到十日元，他还是去还了。回来后，我看他将一大块煎鱼吃得精光，大份的薯条也吃得一根不剩。看来他的原则是点了东西就一定要吃完。

阿布喝完可乐，站起身来。

"我再去买一杯喝的。你要喝点什么？"

"那我要一杯苹果西打。"

阿布点点头，转身走了，背影消失在嘈杂的人群里。

但他这一走，很久都没有回来。大概过了十五分钟，我实在担心，便把餐盘放在桌上去找他，结果看到他正在冰激凌卖场的前头，和一个像是日本人的女孩聊得火热。

我一下子泄了力气——白担心了。我轻轻叹了口气，回到座位上。

我闲得无聊，在包里翻了翻，除了手帕和钱包、唇膏，就只剩下手账了。早知道就带一本书来了。

桌上的一个圆筒里塞着餐巾纸，我拿出一张，先叠成三角形，裁掉多余的部分，把它变成正方形。

总之，先折只纸鹤吧。

阿布还是没回来。

我又裁了个正方形，这次折了只独角仙。

阿布还是没回来。

太没礼貌了。在这种地方让人等这么久，他果然是个轻浮的家伙。

干脆回去算了，我想。可是，我的手却不停地伸向餐巾纸，裁出一个又一个正方形，折出所有我想得出的折纸作品。

牵牛花、青蛙、狐狸、手里剑、气球。

"抱歉！"

阿布跑了过来。

他的双手举着饮料，大叫道："哇，好厉害！

"你好会折纸啊，好像我奶奶。"

奶奶。

继金鱼之后，我又被他说成了奶奶。

见我不说话，阿布在我旁边坐下，把饮料放到桌角上，拿起我叠的青蛙，目不转睛地端详。

"这个是怎么做的？"

他的双眼闪闪发亮，我的情绪莫名其妙地被转移了。"很简单啊——"我冷淡地又拿过一张餐巾纸，从裁正方形开始教他。阿布饶有兴趣地跟着我学。

"我五岁的时候，奶奶从日本来过一次，也是唯一的一次。当时我好开心啊，她给我带了折纸、日本的绘本等好多礼物，还陪着我玩,也像这样折了很多东西给我。我就是从那之后开始看日语书的。奶奶是八月来的,日本是盛夏,这里却是寒冬。她惊讶极了,说'好奇妙呀'。"

翻折,抽拉,堆叠。

一张摊平的纸渐渐在桌上变得立体。

"啊!"阿布指着我的罩衫,好像突然想起了什么,"关于金鱼的绘本我就是在那时候读的,那是奶奶带给我的绘本。"

"这样啊。"我淡淡地应和着,手下却没停,阿布"嘿嘿"一笑,说:"红色的金鱼,很可爱呀。"

又是那副天真的表情。

恍惚之间,刚才那些复杂的情绪几乎都消失了。不知道为什么,我有点生气,没有跟着他笑。

折叠,翻转,再折叠。

"做好了——哇——"

阿布高呼着举起青蛙,他叠的那只圆滚滚的,比我叠的要小许多,不知是怎么搞的。

他将他叠的那只青蛙放在我的那只旁边,开心地说:"青蛙宝宝。"

"这不对吧?青蛙的宝宝不是蝌蚪吗?"

"啊,对啊!"

阿布笑得前仰后合,我冷淡的语气似乎显得更加滑稽了。他笑了很久,我也被带得忍不住笑了。真过分,这人实在是太狡猾了。

阿布的笑意好不容易渐渐止住了,他这时才说了句:"抱歉让你等了这么久,刚才有个日本人说自己丢了钱包,我和她一起找来着。"

我没接话,喝了一口苹果西打。原来他不认识那个女孩。

"难以置信吧?她好像是来旅游的,竟然把钱包放在桌上占座。这人的心得多大啊?她难道以为墨尔本的治安这么好吗?"

我点头说:"并不算好吧。宿舍冰箱的'治安'简直糟透了。"

"冰箱?"

"我的火腿、鸡蛋什么的,经常会被别人随随便便地吃掉。亏我还在上面写了名字,真是不可饶恕。"

阿布又开始大笑,我明明没说任何好笑的话。

"真好啊,真不错。"

他满面笑容地称赞,不住地深深点头。

不知道为什么,只要和他在一起,我就会产生一种错觉,仿佛自己很会说有趣的话。也许这就是他"会玩"的表现吧。

"后来呢,钱包找到了吗?"我一本正经地发问,想掩盖自己的羞涩和喜悦。

"嗯,找到了找到了。原来是她记错放钱包的桌子了。"

"太好了。"

"是啊。"

阿布猛地吸了一口可乐,玩起"青蛙宝宝"来。

那天回家的路上,我们约好了下次再见,又在下一次回家的路上约好了再下一次。

因为墨尔本不得不去的景点太多了。阿布是一位非常优秀的导游,而且哪怕我的口语出了一点小错,他也会立即简洁易懂地帮我纠正。

不知不觉,和阿布一起出门,并约定下次再见已经成了自然而然的事。于是,见不到面的时候,我想起他的频率就提高了。

不可否认,阿布擅长和女孩相处,有他做我的护花使者,我总能感受到小小的愉悦。但他最打动我的,是相遇那天,他说"这里是龙宫"时冷漠的目光和声音。越是熟悉他的洒脱,那一幕情景反而会越清晰地在我的记忆中浮现。那情景就像一枚刺入内心的鱼钩,取不下来,毫不留情地拉扯着我。

好讨厌啊,我想。

自己正逐渐从异性的角度去看待阿布。

尽管眼下的情况像是我主动跳进了他设好的圈套,但这完全不是我的本意。阿布和我搭话无非是心血来潮,他对所有的女孩一定是一视同仁的,无所谓她们是谁。而且再怎么说,我是在墨尔本待不到一年就得回国的。

"我喜欢阿玲,想和你在一起。"

所以,当第三次见面后,阿布在送我回宿舍时这样对我说,我一时间什么话也答不出来,不知道该如何看待这句表白,也不知该如何回应。

一切只要开始就必将会结束。

我害怕的不是结束,而是结束前的那段心神不宁的时日。人一旦开始产生猜忌,不知道的事就会越来越多,有些事本以为会得到对方的理解,希望却会彻底落空。到那时候,一方往往会献上自己全部的炙热,另一方则会变得冷淡而败兴。

无论属于哪一方,我总是主动放手的那一个。因为我承受不起,无论是过分的炙热还是过分的冷淡。

我沉默着,找不出合适的话说,阿布的神色奇异而复杂。突然,他竖起食指,用猜出游戏谜底般的语气说:"这样吧,我们设期限交往如何?"

我怔住了,大概过了三秒,才终于问出一句:"设期限?"

"嗯,交往到阿玲回日本的那天。我不会俗不可耐地要求你回国后还要和我继续,到了分手的时候,我不会没出息地哭鼻子的。"阿布爽快地说。

设期限?

我先是吃了一惊,但很快便理解了他的用意。啊,原来他是这样的人,可以轻松地接受这些。异地恋对他来说俗不可耐,分手时哭鼻子是没出息。

反正我在龙宫玩够了就要离开,他也就干脆豁出去图个开心——大概就是这样吧。原来我在他心里的分量不过如此,我被他看轻了。刚刚听到他说喜欢我,我竟然还有些高兴,有些不知所措。我可真傻。可是,在愤慨的情绪越发高涨之前,我竟莫名地松了一口气。

我还以为我们现在就已经结束了,在一切开始之前。

我淡淡地答道:"好啊,设期限的话没问题。"

看来用不着害怕了,我不必再担心这份恋情会在什么时候结束。

只到明年。我们的交往,就到那时为止,到我不再是留学生为止。

阿布的脸上闪过一瞬呼吸凝滞的神情,但他很快便灿烂地笑了:"太好了。那就说定了,我们开始交往吧!"

他张开双臂,将我紧紧地搂入怀中。

我由他抱着,茫然地望向他肩膀后面的天空。

这是一段标记好终点的关系,就像一场知道何时会结束的电影。

既然如此,我们大概能做到维持平衡,不过分炙热,也不过分冷淡。

那时的我以为,这样的温度刚刚好。

◇

杰克的目光在图画纸和我之间来回，手指在画架前划拉了一番，然后用比铅笔细很多的、漆黑的炭棒对着我，横竖比画着。

"画画之前，要做好多准备工作呢。"

我侧身而坐，只能转动眼珠看向杰克，对他笑了笑。

"需要考虑构图。我在想要把你画成多大，放在纸上的哪个位置。我喜欢在正式动笔之前想清楚。"

说完，杰克苦笑着继续道："大概完美的作品，就存在于这时候的脑子里。"

动笔前的脑海中的作品，才是完美的作品。

或许我的留学过程也是如此。只有从日本出发前，兴奋地浮现于脑海中的梦幻场景，才是完美的墨尔本生活。我不由得也想苦笑了。杰克又说："不过呢，在画画的过程中，会发生连自己也想不到的事。有时候画笔仿佛有了自己的意志，有时候会诞生偶然的艺术。虽然照自己想的那样顺畅地画下去会很爽，但相对来说，还是前者更有意思，更让人放不下画笔。即使画出的作品不够完美，终究也是值得的。"

我不由得转过脸望着杰克，他的这番话像一只猛然落地的猫咪，利落地击中了我的心。只不过我无法彻底地看清那只猫咪的模样。杰克闭上一只眼，竖直地拿着炭棒，在视线中将它和我重叠。

"草图是一切的开端。把自己心里不成形的想法落到笔端,画什么、怎么画,把想法变得具体一些。但毕竟不是正式的图画,也不用给别人看,所以想重画多少次都行。这种自由特别好。"

杰克慢悠悠地说着,拿出美工刀,用它轻轻地碰触炭棒。

"那是什么?"我问。

杰克目不转睛地望着刀刃答道:"是木炭。我捡来树枝,自己做的。"

"好厉害,竟然能自己做这个。"

面对我坦率的感叹,杰克却笑着摇了摇头。"我只是太穷啦,穷到连一根铅笔都觉得贵。因为想画的东西太多了,我要画个痛快。"

※

四月、五月,秋天倏忽而过。阿布永远那么开朗活泼,每次都是他主动约我,我只要赴约就好。和他在一起后,仿佛连风景都逐渐有了变化。我不可思议地欣赏着眼前的一切。

墨尔本是一座充满艺术气息的城市。鳞次栉比的英国风建筑、复古的有轨列车、街头艺术家在墙上的涂鸦……街市和我刚来的时候相比没有丝毫变化,但从前单调的风景逐渐有了色彩。或许是因为从前的我总是低着头吧。

哪怕仅仅作为我用日语发泄情绪的对象，阿布的存在也很难得。跟他交往之后，我还是和以前一样，经常因为在大学或打工的地方发生的一点小事而失落。我总是反感一些事情却说不出口，或者轻易被旁人的气势压倒，感叹自己的脆弱。每当这时，阿布总会做出夸张的反应逗我开心，然后告诉我："你只要坦然面对就好，我知道阿玲的生命力有多高洁。"

他是第一个用这个形容词肯定我的人。

当时，我有些不好意思地笑着说："这句话我听不懂呀，生命力还有'高洁'一说吗？"

而他一本正经地回答："生命力不是指活着的力量，而是指渴望活下去的力量。阿玲的生命力不谄媚，干净而高尚。我感受得到。"

老实说，即使他这样解释了，我仍然似懂非懂。不过这好像是某种特殊的褒奖，我心里到底是开心的。

我逐渐摆脱了萎靡不振的状态。或许，我真的拥有阿布口中那种"高洁"的生命力吧，所以我没问题的。

我在班上交到了要好的朋友，在宿舍能够畅所欲言、说清楚自己的想法了，毫无疑问，这些都与阿布有关。即使难免偶尔和身边的人产生龃龉，但一想到阿布，我就充满了勇气。

若要问我喜欢阿布的哪里，我第一个要说的就是"大拇指"。

阿布和我十指相扣的时候，习惯只略微挪开大拇指，用指腹轻轻抚摸我的手。我特别喜欢他的这个动作，这让我觉得自己像一只被无条件宠爱的猫。

阿布的大拇指四四方方，剪得短短的指甲的颜色总是健康又柔和。伸手抓东西的时候，大拇指突出的指关节到手腕处会隆起一根筋。那撑直的隆起显得很有力量，仿佛只要在他身边，任何可怕的事都不会发生。

我做了许多自己在日本的时候一定不会做的事。

比如粘总是松松垮垮的假睫毛，把大得过分的墨镜架在头上。

比如跟随在酒吧跳舞的客人的拍子，和他们一起摆动腰肢。

比如站在斑马线前面等红灯的时候，和阿布交换一个轻轻的吻。

八月，一个寒冷的冬日里，我听说由里要回国了。

好像是因为她的工作假期签证要到期了。由里早已辞掉免税店的工作，我们没机会再在一起当班，但她还是发来了消息："回国之前，我有些留下的东西想送给你。"我回道："要是你用不上了，我就收下。"就这样，我们久违地在咖啡厅见了一面。

我走进咖啡厅的时候，她正在最靠里的座位上吸烟。看到我之后，她轻轻抬手示意，把烟头按灭在烟灰缸里。

"让你久等了。"

我在由里面前坐下，她微微眯了眯眼。

"你好像脱胎换骨了呢。"

"有吗?"

我脱下外套,挂在椅背上。

由里忙不迭地递给我一只纸袋,里面有小型收音机和几册文库本、紫苏的拌饭料、方便味噌汤等东西。

我们交流了最近的情况,由里夸张地张开大嘴说:"啊,澳大利亚的生活真快乐啊!"

她的神色有些寂寞,又有些坦然。她已经充分享受过这梦一般的世界,即将回归现实。隐约之间,我好像有些明白阿布的心情了。我冷不丁地问道:"像龙宫一样?"

"嗯?"她不解地歪了歪头,"谁知道呢?我又没救过乌龟之类的。"

"那个,你和男朋友怎么样了……"

我怯生生地抛出问题,由里爽快地笑道:"还什么都没定呢,只能走一步看一步啦。"

她喝了一口咖啡,举着杯子,深深地望进我的双眼:"有恋爱烦恼的话,我愿意帮你出谋划策呀。"

我有些吃惊,但还是佯装平静,把玩着头发尖。

"不是我的事,是朋友那边的状况——在她回国之前限期交往,这种方式你觉得怎么样?"

由里听完,夸张地笑着将杯子"当"的一声放在盘子里,看到洒到盘子外面的咖啡，大叫了一声"Oops"。好久没听到这句感叹了，比起嫌弃，我感到更多的是滑稽，情不自禁地笑了。

"带期限的交往？听着跟应季菜品似的。桃子、蜜瓜、栗子味的甜点……不也挺好吗？想到自己吃的是季节限定的食物，就会平添一份感恩之情，甜品的味道也更甜美了。"

由里说完又哈哈大笑起来，而我自言自语般的问话声小得几乎被她的笑声淹没："既然过季就吃不到了，那好好享受当下，也是不错的选择吧？"

"是吧？"由里撑着下巴说，"这就类似恋情。"

类似？

我疑惑地歪着头，而她继续道："人们常说'坠入恋情'，但我觉得应该是'恋情来袭'。"

"来袭？"

"嗯，恋情想来就来。有的恋情给人的感觉是'哇——来了'，也有的恋情在我们还未意识到的时候就已经来了。来的不是男朋友，而是恋情；分手的时候也不是被男朋友甩了，而是被恋情甩了。"

由里从放在桌上的烟盒里取出一根新烟，点了火。

"所以，即使男朋友就在身边，恋情走了，一切也于事无补；相反，即使男朋友不在身边，只要恋情还在，一切就没有结束。"

这么说来……

这么说来，在两人之间约定期限也是没用的了？

"不过，不是每个人的手里都有玉匣子吗？可我觉得，并不是说只要打开了玉匣子，人就会在一瞬间变老；而是当我们打开匣子，恋恋不舍地怀念过去的时候，一定会意识到自己上了年纪。"

香烟的一头升起袅袅青烟。

"我希望到时候，我不是为自己的苍老而悲伤，而是为逝去的年华而自豪；不是叹息从前真好，而是为匣子里那个年轻的我而骄傲。"

我惊讶地望着由里。她是个永远积极面对一切的人，永远夸张地享受人生的每一个瞬间。直到今天，我仿佛才理解了她为人处世的态度。由里快活地吸了口烟，然后对我微微一笑："告诉你的朋友：人活在世，无论是什么时代、在哪里、做什么，生活都是一样的——吃饭、睡觉、起床，喜欢上谁，或讨厌谁。"

◇

杰克用美工刀斜斜削着炭棒的前端，备好有尖头的画具。散落在报纸上的木屑成了漆黑的粉末，像铁屑一般。他将报纸慎重地铺在手边的柜子上。

"我要往下画了。"

杰克话音一落，阿布猛地抬起头来。他合上摊开的画集，走到杰克旁边。

阿布直接蹲到画架旁边，凝视着杰克的手，仿佛对画家画画的姿势颇有兴趣。

我的角度看不到图画纸，但从杰克手臂的动作，我可以想象他用炭棒的前端画线、停顿、涂抹的样子。我的视线一直定在和他的位置稍有偏差的地方，只能从他不经意间出现在我视野范围里的动作感受。

杰克不时地直接用手指敲一敲画面，或是蘸一些刚才削下来的炭粉蹭在纸上。每当他有这些动作时，阿布便发出"啊"或"噢"的声音，我急不可耐地想知道画面上究竟发生了什么，毕竟被画的人是我。

"喂，我也想看呀。"

我的要求迅速被驳回了，驳回的人不是杰克，而是阿布。

"不行。这个现在还不能给你看。"

"可你一直在看嘛，好狡猾。"

"旁观者看看也无妨。不过杰克画阿玲的过程不能被被画者本人看到。他的想法正在一点点成熟，如果被对方看到，容易生出多余的情绪，画出来的东西就不对了。"

"什么嘛，就好像你有多懂似的。"

我断了看画的念头，不再说话。

一时间，大家都没有说话。寂静的房间里，只有炭棒在纸上摩擦的窸窣声，听来有些愉悦。

※

我和阿布只吵过一次架,为了一件想起来都嫌麻烦的无聊小事。那是刚进入十月,风开始转暖的春天。

我们带着三明治去植物园郊游。宽阔的公园里到处是各种各样的植物,一眼望不到边的草坪透着清爽。我们散了一会儿步,然后找了一片刚好够摆开食物野餐的树荫坐下来。

这是阳光明媚的一天,我的心情却不太好。最近的倒霉事太多了:大学教授把我错认成其他的学生,提醒我不要迟到;新搬进宿舍的德国人开关房门时声音很大;研究课题的报告太难写……这些事一起压下来,又导致我睡眠不足。

我对阿布也有一些不满。他有时会突然学笑翠鸟的叫声,我不太喜欢他这样。笑翠鸟是澳大利亚的一种鸟,和有着美丽青色羽毛的翠鸟不同,笑翠鸟偏茶褐色,胖嘟嘟、圆滚滚的。它会颤动着可爱的身体大声地鸣叫,叫声和人的笑声相似。对我来说,那声音有些闹心。我委婉地和他说过好几次"这声音好讨厌啊",可那天阿布往草坪上一躺,还是立刻像笑翠鸟一样笑个不停,我登时觉得十分扫兴。

阿布闭上眼,看上去心情很好。我坐在他旁边,开始读文库本。是由里送给我的那些书中的一册,几年前出版的一名日本作家写的推理小说。

没过多久，阿布坐起来，开始喝瓶装可乐。我合上书，把它放在自己身旁，问他：“要吃三明治吗？”

在回答我的问题前，阿布拿过书，说了一句了不得的话："其实故事里的那两个角色是同一个人，我读到的时候大吃一惊呢。"

谁能想到，他说的偏偏是我还没看到的情节，他应该是读过这本书了。我气得几乎喘不过气来，怒吼道："你干吗要说出来呀？我读得很开心的！"

阿布"啊"了一声，向后一仰身子，立刻双手合十，向我道歉："抱歉抱歉，我以为你是读完了才放下的呢。"

"还不是因为你睡着了，我没事干才读书的？你醒了我就没再读，就和你说话了啊！"

"来植物园就是为了放松身心的嘛。不过除了刚才那个诡计，这本小说的结局也很惊人呢。"

见阿布笑得那样没心没肺，我更生气了。

"算了，我不看了。知道后面的情节，就一点意思都没有了。"

我把书塞进书包，阿布有些困惑地笑着，又喝起可乐来。我将压抑不住的怒火发泄到他身上："你这人总是只顾自己，根本不考虑别人，太自私了！"

阿布一下子哽住了。

"是吗？"

说得太重了——我暗想，但我已经停不下来了。

"还学笑翠鸟的声音，我明明说过讨厌那个的。"

"啊，你那么不喜欢吗？为什么？"

他果然不理解我。我破罐子破摔似的说："因为那种笑声很像在嘲讽人啊！自鸣得意、神经大条的嘲讽。"

阿布的瞳孔一紧。"我才没嘲笑你呢。"

空气中的火药味令我害怕，我将目光从阿布身上移开。

"我没说是你在嘲笑我，我说的是笑翠鸟。"

阿布抱着膝盖，将头埋在腿上沉默着，不知在思考什么。

继续留在这里实在是太痛苦了，我抓起书包站了起来。

然后，我从阿布的身边逃掉了。

我在植物园里打着转，复杂的情绪堆积在一起，拧着我心里的每一寸田地。都怪阿布不好，老是笑得那么不怀好意。

可我也意识到了自己对他的依赖，无论我说什么，阿布都会笑着倾听。除了他，再没有谁能让我如此袒露心扉了。

读推理小说的时候，我对即将看到的情节兴奋不已，之所以因未知而觉得有趣，是因为整个故事与我无关。我没有那么坚强，事情一旦关系到自己，就不安得一塌糊涂。唉，这种麻烦的关系，果然还是没有的好。我分明是为了学习才来到墨尔本的。

虽说设了期限，但在限期到来之前结束这段关系自然也是有可能的。也许我们的关系能一直持续到现在，已经算很顺利了。

反正迟早也要结束，还剩三个多月了。

算了吧，我想。可就在下一个瞬间，我又停住了脚步。

这剩下的三个多月，没有阿布，我能熬过去吗？只消这样一想，未知的恐惧就迅速向我袭来。这段感情，到底是怎么回事？

我肯定是觉得没有他会很不方便、很麻烦。

我用双手捂住脸。好狡猾。虽然总觉得阿布狡猾，但我才是真正狡猾的人。原来如今的我，已经无法忍受没有阿布的生活了。

看来对我来说，这里或许也是龙宫。

反正迟早都要结束。

反正迟早都要结束，就到约好的那一天为止吧……

我的身体拖着丑陋的脆弱，自作主张地奔跑起来，跑向或许已经离开那里的阿布。

阿布靠着一棵大树坐着，看到我明显松了一口气，这一点令我安心。

"对不起。"

"我也对不起。"

我上气不接下气地在他身边蹲下来。

他手里有一只用便笺叠成的小青蛙。他刚才竟然在一边折纸，一边等着不知会不会回来的我。

我忍俊不禁，阿布像往常一样"嘿嘿"一笑道："青蛙真厉害啊，在水里和陆地上都能生活。"

他沉稳的语气和这句话中蕴含的深意，一下子紧紧抓住了我的心。

"咻——"阿布说着，让手中的青蛙在空中跳起。纸折的青蛙却跳不远，只是在草坪上翻着跟头。

◇

杰克将炭棒放到柜子上，用布擦着染得漆黑的指尖。"我要准备颜料，你休息一会儿吧。"

看来起形阶段结束了，我忽地泄了力气。

"要喝点什么吗？"

杰克站在冰箱前面，看了看我，又看了看阿布。

"我来吧。"

阿布打开冰箱看了看，拿出瓶装百事可乐，在狭窄的厨房里将可乐倒在三只杯子里。没想到他还蛮喜欢做这种事的。

杰克在一只空果酱瓶里装了水，轻轻地放在柜子上，依次将画材摆到瓶子旁边。画水彩用的管状颜料、笔、被颜料弄脏的毛巾。

那条毛巾肯定用过很多次了，五颜六色的颜料以各式各样的形状沾在上面。

这些无意间留下的五彩斑斓的花纹本身，也成了一件艺术作品。用杰克的话说，这就是"偶然的艺术"。

※

跨年那天,阿布订了一家轻奢的旅馆。

和我们之前许多次短途旅行时订的背包客旅馆和B&B(只提供床及早餐的经济型酒店)不同,这是一家有七层的旅馆,古典又可爱。

在大厅办完入住手续后,我们被带到顶层的七零七号房间。

刚打开房门,阿布就如释重负般躺倒在床上。

"噢——!这简直就是七重天①!"

他开心地大喊,忽然转过脸来看着我,问:"话说,你知道七重天吗?"

七重天?是什么来着?我略做思考,阿布仰面朝天地躺在床上说:"就是特别幸福的意思啦,这叫俚语还是习语来着?"

"嗯。"我望着窗外,阿布像唱歌似的继续快活地说着:"天堂有七层,七重天就是最上面的一层。说是神仙住的地方。"

此时正是黄昏,白昼的暑气已经散去,在地面走动的人显得渺小,机动车和自行车都如玩具一般。

阿布望着天花板喃喃地道:"最高层的天堂,也不知是个怎样

---

① 七重天:形容一种极度幸福的状态。在犹太教或伊斯兰教的信仰中,七重天被看作至高无上的极乐世界,用来描绘尽善尽美的境地。

的地方。"

"嗯——"我在床边坐下，思考了一阵回答，"说不定一层或二层有时比最高的那层还要幸福呢。和至高无上的幸福相比，说不定小确幸①也不错。"

阿布眨眨眼睛望着我，然后一脸佩服地笑了。

"阿玲真是清心寡欲啊。"

才不是，我肯定比阿布贪心得多。只不过我是不愿受伤，也不想当恶人，只想平安无事地活着。

我不需要那么多。

一点点就好，只要一点点疼爱，让我觉得幸福就好。

"神仙住的地方规矩太多了，我反而会坐立不安。"

说着我躺到阿布身旁，他把胳膊伸到我的脖子下面给我当枕头。

"阿玲今后打算怎么办？"

我吓了一跳，一时间怀疑自己听错了，因为他几乎不会和我讨论未来。我如实回答："我还没想好。目前只是觉得，能找个用得上英语的工作就行了。虽然有了留学经验，但如果拿不到毕业证，一切就没有意义了。从今往后，要好好打算。"

"嗯。"阿布长出了一口气。我想着问问他的打算应该也无妨，于是反问道："你呢？"

---

① 网络用语，指微小而确实的幸福与满足。

"我也不知道。今后我得在墨尔本继承家业，所以他们现在随我的喜好，让我读设计类院校。不过，一年后我也该毕业了。"

阿布一面捅着我的头发，一面讷讷地说："我喜欢画画，对画商的工作也感兴趣。但看到爸爸妈妈的样子，有时候，我也会害怕。他们都是聪明的人，所以事业发展得很顺利。但我怀疑，他们对画真的有爱吗？"

我不知该如何回答，只好说了句不痛不痒的话："不过……他们当初一定是因为喜欢画画才选择当画商的吧？"

"怎么说呢？从我小时候起，他们就认为无论如何也要取得生意上的成功，在墨尔本待下去，为此使出了浑身解数。具体的情况我不清楚，但爸爸妈妈的结合好像是不被认可的。他们俩都常把'不能回日本'挂在嘴边。"

说到这里，阿布的手臂没动，眺望远方似的转头看向天花板。

"我之前不是和你说过吗？我奶奶只来过墨尔本一次。那时候我还小，不懂事。现在想想，那次奶奶也许不是来墨尔本玩的，而是想将爸爸妈妈带回日本。当时爸爸妈妈都显得有些不安。"

他深深地叹了一口气，说："我到底是谁呢？"

阿布的脸近在咫尺，那神情我只在我们第一次见面的那天见过一次，像一只住在深海海底的寂寞的鱼。

我以前一直觉得不可思议：阿布似乎对日本有一种强烈的渴望，可他为什么一次都没去过呢？

不能回日本——父母的这句话或许也给阿布下了诅咒。明明是日本人,他在成长过程中却对日本一无所知。他大概是被困在龙宫之中,寸步难行吧。因为他在日本无家可归。

阿布的未来里不会有我,我的未来里也不会有他。想到这里我就感到一阵空虚,但我刻意无视它。"肯定有一些事,是只有你才能做到的。"

阿布"扑哧"一声笑了,胸口微微震颤。

"只有我才能做到的事,是什么呢?"

他转过脸望向我,那条鱼已经不见了,他变回了平常的阿布。

"具体是什么我也不知道,但你可以让大家格外开心,你自己也因此格外开心。"

"如果能让双方都开心,那当然再好不过。我想干的事太多了——这个想干,那个也想干;干干这个,再干干那个。不过现在,我只想随心所欲地思考。"

接着,阿布有些自嘲地笑了:"但不管做什么,这样不负责任肯定是不行的。没人会相信我的啦。"

我认真地说出心里话:"阿布只要坦然面对就好。我知道你很会为他人着想,并且内心充满了真挚。"

阿布的肩膀轻颤了一下,然后短暂地沉默了。于是我也跟着沉默。

过了一会儿,阿布揽过我,在我的眼皮上落下一个吻,说:

"我有东西想送给你。"

说完,他起身从床尾下了床。

◇

阿布向杰克抛出各种问题,一会儿问他的颜料是哪家厂商生产的,一会儿又问他那条毛巾上沾了多少年的水彩。杰克苦笑着,只做简短的回答。阿布大概是觉得没趣,留下一句"我去趟厕所"便走了。

杰克在调色板上化开颜料,再次转过身面对我,然后将蘸了颜料的笔落在图画纸上。忽然,他停下了动作。

杰克瞪大了双眼,像是有了什么新发现似的,匆忙地拉开柜子的抽屉,从里面拿出一个像是刮刀的工具。

杰克再次站到画架前,用那个工具猛地在图画纸上刮起来。伴着"沙沙"的轻快声响,他发出一声感叹。

在我的位置看不见杰克在做什么,只能看到他神色恍惚,两眼放光。

这时,阿布回来了。

他忽地看向杰克的手,惊讶地问:"油画刮刀?"杰克只是点点头,目光没有离开画面。

阿布坐到杰克身边的椅子上,跷起二郎腿。大概是因为杰克对他爱搭不理，这回他频频和我搭话，净说些没品位的段子逗我笑，我只好提醒他："你稍微消停一会儿吧。"

阿布哈哈大笑，随后出乎我意料地老实下来，没再说话。

那之后阿布便望着我，我也望着他，我们相互凝望。

※

有东西想送给我？阿布的话令我好奇，我不由得也从床上起身，走到他旁边。

他从双肩包里取出一只能托在掌心的小盒子递给我。

"打开看看。"

我掀开盒盖，里面的东西闪闪发光。

是一枚翠鸟的胸针。

这只翠鸟像在飞翔，张开的双翅上有金色的镶边。

"是翠鸟哟。"阿布温柔地说，"不是笑翠鸟，而是翠鸟。所以颜色如此美丽，也不会夸张地大笑。翠鸟的叫声很动听，是'啾啾啾啾'似的低语声。"

"我那次……"

我有些慌乱，以为阿布还在对那次争吵耿耿于怀。这时候，他慌忙打断了我的话。

"不是啦，我才没有记恨在心……其实，只有在面对阿玲的时候，我才希望自己不是笑翠鸟，而是翠鸟。不总开那些轻佻的玩笑，而是更潇洒地陪在你身边。我虽然做不到，但至少想把这份心意送给你。"

阿布果然太狡猾了，要开玩笑，就开到最后啊。

他将心意剖白得如此具体，同时也直截了当地表明了时限已到的意思。

一直以来，我都拒绝收阿布送的实体礼物。他一直想要拍些合照，我却一张也不想留。以后回忆起来就会伤感，我才不要。

不过，唯独这件礼物我想收下。

这将是我带走的唯一一只玉匣子，从今往后，只要打开这只匣子，我就会挺起胸膛，好好活下去。

"能遇见你真好。"我说。

"我也是。"阿布微笑道。

这样就足够了，对我和对阿布都一样。

阿布温柔地紧紧搂着我，我也把头抵在他的胸膛，闭上双眼。

想到今后不会再感受到他的体温了，我下意识地想紧抓着他不放。但这肯定是我的错觉，分别的时候，我能感受到的只有感伤，唯有感伤。一定是这样，不会有错。

假如我现在流露出哪怕一丁点痛苦，之前的一切都将白费。阿布早已利落地画好了界线，我要是越界，就真成了俗不可耐的人。

我直觉自己做不出这样不负责任的事。

我把手叠在阿布的手上，轻轻抚摸着他的大拇指。就这一次也好，换我来这样做吧。

就这样，我们一起迎来了新的一年。

在墨尔本一家小旅馆的七重天。

◇

杰克手边的调色盘里，只挤了两种颜色的颜料。

红色和蓝色。

我下意识地碰了碰停在红色罩衫上的那只翠鸟，重新调整好坐姿。

阿布望着我，我也同样回望着他。

我们的目光交汇时，阿布脸上那种飘飘然的笑容倏然消失了。

他望向我的目光里，满是眷恋与疼爱。

就在那个瞬间，我的五脏六腑仿佛被人狠狠地拧了一下。

我没有错开目光。

怎么了，阿布？

别再用这种眼神看着我,开些没营养的玩笑吧。

像往常那样坏笑嘛。

干吗用这样温柔的眼神看我啊……

想对他表示抗议的我,可真是任性。

我们就这样相互凝望着,不知道过去了多久。

图画纸在笔尖的摩擦下,奏出平稳的旋律。

油画刮刀刮过纸面,发出冷硬而尖锐的高音。

水花溅起,发出"滴答"的声响。

草图逐渐丰满。

我和阿布相对无言,只有时间在静静地流逝。

我们曾经有说不完的话,没想到,只用目光交谈的这一刻竟然最难舍难分。

阿布其实不是笑翠鸟。如此简单的事实,我早就知道。

他是性格细腻的蓝色翠鸟。这一点,我也早就知道。

我明白,限期交往的提议源于阿布的善良和怯懦。

他想保护我,也想保护自己。

再过几天,我就要回日本了。

在这段带期限的关系中,我们恋爱的每一秒,都是在逐渐走向分离。

已经约定的诺言就必须遵守,我们一直被这种诡异的义务束缚着。

冷硬而锐利的情绪在我的体内横冲直撞,令我痛不欲生。

很快就见不到阿布了。

可我竟还有那么多真心话没对他说过。

阿布啊。

我喜欢你,特别特别喜欢。我不想和你分开。

想念涌上心头。

阿布,阿布。

我恨不得高喊着他的名字跑到他身旁,紧紧抱住他。

不能哭,不能哭不能哭不能哭——我咬紧牙关。

阿布的脸上流下两行泪水。

好狡猾。

白让我忍得这么辛苦。

一切只要开始就必将会结束。

明明清楚这个道理,我却还是喜欢上了他——这个教会我什么是真正的爱的、我最爱的人。

我坐的椅子倒了,与地板碰撞出一声巨响。

因为我猛地从椅子上站了起来。

阿布啊。

结束的同时,不也意味着新的开始吗?

即使俗不可耐,即使要忍受痛苦和寂寞,但既然这就是我们的爱——

我甘之如饴。

第二章

东京塔
与
艺术中心

赤と青とエスキース

有时候，人要等到生命的航向轻轻转向才会发现，一见倾心的对象或许不仅仅局限于人。

比如一幅让自己着迷到无法自拔的画。

遇见那片美丽的蓝，是我还在读美术大学时的遥远记忆。那是在墨尔本一个角落里的小画材店中发生的事。

杰克·杰克逊。

这位令人印象深刻的画家的姓名，我一刻也不曾忘记。

那是一个亮闪闪的晴天，天气好得跟前几天没下过雨一样。关东大概也快出梅了吧。

我正对着发货单和商品检查有没有出错，工坊的门开了。

上午晃晃悠悠出门去了的村崎慢吞吞地走进来，没有说话，被晒得黝黑的脸上淌着汗珠。

这间小巧的画框工坊坐落在东京一隅，经营者只有我们两个。

创办十三年来，"阿贝尔工坊"主营画框的制造和贩卖，客户多为画商和画家。

村崎在二十九岁时自主创业，建起了这间工坊。他比我大整一轮，属相和我相同，平时少言寡语，没有一句多余的话，面部肌肉活动甚少，旁人根本看不透他在想什么。

在美术大学读大四的我求职时看到了地方报纸上那条短短的招聘广告，并致电询问，在我入职之前，好像都是村崎一个人在打理这间工坊。他似乎没想到会有应届毕业生来应聘，在面试的时候疑惑地歪着头看我，没问什么有难度的问题就让我通过了。我颇为惊讶，但事后想想，或许只是因为没有其他人来应聘罢了。

那之后，我一干就是八年。如今的我三十岁，已经超过了村崎自立门户时的年纪。

"你回来啦。"

我将发货单放到桌上，把空调的温度调低了些。村崎本来就怕热，两个男人待在这间小作坊里，室内的温度更是急速上升。

村崎将一个褐色的、光秃秃的东西"嗵"地放在桌上。是一块形状不规则的木材，看上去像是从水里捞上来的。

"又去河边了?"

村崎听到我的问话,点了点头。

昨天下了大雨,他大概是觉得会有什么东西浮上来吧?村崎将木头放在桌上便蹲下来,好像是要让视线和它平齐。他定睛端详着。

从工坊步行大概十分钟就能到河边。那是散步或休息的绝佳场所,村崎经常在那里写生或读书,再有就是像这样捡些东西回来,然后用捡来的东西做画框。

即使没有人拜托他这样做。

我的目光重新落到发货单上,纸箱里装着几个制造商送来的现成的画框。我继续验货,用圆珠笔在发货单上做了标记。

在工坊工作的头几年,我很开心。都是陌生的内容,每天都有新发现。

画框的构造,木材的挑选,涂料、金箔的相关知识,雕刻技术……我需要学习的东西太多了,村崎毫无保留地将它们教给了我。他不喜欢闲谈,却是一个有问必答的人。

雷诺阿、毕加索、莫迪利亚尼……据说这些巨匠的画作,有些从画好到现在一直都是用同一个画框装裱的。

得知这一点时,我的心不禁为之颤抖。画作和画框一同跨越百年的岁月,跨过无数国度,或许今后还会一起走过更漫长的旅途。这简直太浪漫了。

画框工匠可以亲手打造出完美契合画作的、最棒的画框。且不是做出来就算完成任务了，还要考虑到被装饰的具体空间。

"没有梦想可不行。"

偶尔，村崎会自言自语似的这样嘟囔。

从他的口中听到这样的话实在太意外了，无论听到多少次，我还是会被吓一跳。

梦想。对画框和绘画的梦想。说起来，将梦想寄托在不会说话的东西身上，倒是很像木讷的工匠会干出来的事。

验货结束，我把材料装到箱子里，用胶带将箱子封好。

如今，工坊接到的大多数订单都是购买这种现成的商品，对此，我已经不会再感到一丝一毫的失落。有充足的时间和金钱，特意找到我们从零开始定做画框的画家和画商少得可怜。

偶尔接到的定做订单，大多也是用被称作防护条的棒状画框条来做。因为厂商往往已经事先做过装饰和加工了，所以这类画框的制作更便宜，工期也更短。

无论是用防护条做的画框还是现成的产品，靠村崎的人脉都能拿到丰富的进货订单。我们的画框可以调整垫板，这一点广受客户好评。客户的口口相传为工坊的经营奠定了基础。

每当和村崎有老交情的收藏家有整体定做的需求时，我都会帮他一起做，但每年也就一两次。和我想象中的完全不同——我本以为整个制作过程都会和画家一起沟通，踏踏实实地打磨出适合画作的画框，谁知我从未有过这样的体验。难得村崎还教会了我许多知识和技术，这样下去我迟早会忘个干净。

还有好几次是画家到展会举办前夕还在忙于作画，忘了搭配画框，冒冒失失地冲过来找我们。

手工制作画框一般需要一个月，最快也要十天。既然如此，就只好从现成的画框里选出"和画作气质相近"的了。

最近，我渐渐觉得这样也不错了。

毕竟这里不是一百年前的法国，雷诺阿、毕加索和莫迪利亚尼也都已不在人世。如今的日本，是一个成功实现了大批量生产和商品快速流通的现代经济大国。

村崎珍而重之地抱起那块浮木，朝后门走去。他边走边找旧报纸，看来是想把木头放到太阳下晒干。

村崎口中的梦想，到底是什么呢？大概和游戏的延伸差不多吧，就像孩子捡橡果做手工一样。

我一面把纸箱搬到收纳架上，一面想起昨晚和大学时代的好朋友次郎久违地在居酒屋见面时聊到的内容。

从美术大学毕业后，次郎一直在一家文具厂做销售。

他在很早的时候，就果断地做出了职业选择。"靠画画吃饭的想法太天真了，我不考虑。"据说他目前干得很开心，也很受领导的赏识。

要么是跟着前辈们一起喝酒，要么是在公司旅行中和可爱的女同事打得火热。每当次郎说起这些时，我都羡慕得不行。

"空知可真厉害，竟然能在画框工坊干这么久。"

次郎佩服地说着，我也就含混地点了点头。

"嗯，还行吧……"

"我的工作和美术什么的一点都不沾边，不熟悉状况。不过，惯于画画的人去做画框，不会很痛苦吗？感觉离自己的特长太近了。即使做了画框，大家关注的多半也只是画作本身，不会提到你的名字吧？"

别提这些了，我根本还没完整做过一个画框呢——我将这句话跟嗨棒①一起咽进了肚子里。

"对了，"次郎捏着毛豆，愉快地说，"我升职了。"

"哇，真有你的。"

"嘿嘿。"望着他红着脸的笑容，一股焦灼的情绪在我的心底萌生。为了浇熄这种情绪，我捅了捅次郎，道："那今天的酒就由你请了！"

"凭什么啊？"说着次郎叫来店员，又点了一杯啤酒。

---

① 嗨棒：一款将苏打水与威士忌混合的鸡尾酒。

我的选择，是不是错了呢？

不是也有能干得更开心，还能前途无忧的工作吗？

没有前辈，没有同事，画框制造业也早已是夕阳产业了。我就这样和一位面无表情的大叔在这间工坊里相依为命般地干下去，真的没问题吗？

既然如今的日本根本不需要画框工匠，或许是时候换一条路走了。在三十岁的节骨眼上，我开始考虑这些问题。

傍晚，两个事先约好的画廊人员来工坊送作品。

"承蒙关照，我们是圆城寺画廊的。"

经营画廊的男子圆城寺笑容满面地站在门口。他穿一件半袖衬衫，两只细瘦的手臂牢牢地抱着一沓大尺寸的厚纸，画作就夹在这些厚纸里。

跟在他身后的女人名叫立花，抱着的厚纸比圆城寺手中的小一圈。波波头很适合她，显得她很开朗可爱。虽然没有细问过两人的年龄，但圆城寺和立花应该和我差不多大，或只比我大一些。

"噢——"

村崎用目光向二人致意，招呼他们到工坊里来。我迅速收拾好工作台，方便展开画作。

我事先听说过这单生意。圆城寺画廊在初秋要参加一场展览，拜托我们做五个画框用作展陈。

这次的展览由多家画廊共同举办，听说各家都会拿出珍藏的秘密藏品，无论藏品的知名度如何都会陈列出来，让大家一饱眼福。这次的展览只展示作品，不以销售为目的。

"因为展区很大，这回想努力一把，所以来请您帮忙重新装裱。"圆城寺说。

村崎在宽敞的台面上依次确认每一幅画。

这种时候我们需要戴上白手套，谨慎地拿取画作。保管重要作品时，我们往往很紧张。

"圆城寺画廊还是这么有眼光啊。"村崎眯着眼说。

"听您这样说，我就放心了。"圆城寺有些不好意思地笑了。

立花站在圆城寺旁边，望着村崎说："拜托您把它们打扮得漂漂亮亮的哟！"

"这要看你们的预算了。"村崎嘀咕道。

圆城寺和立花目光相交，微微一笑。接着，大家细心地将画重新包好，在桌前坐下，准备商量定做方案。

我从冰箱里拿出盛大麦茶的凉水壶，将茶水倒在四只玻璃杯里。

圆城寺画廊和阿贝尔工坊合作了两年多。

我之前听说，圆城寺和立花是五年前从静冈来东京的。他们一直梦想着开一家有两人特色的画廊。

他们是恋人吗？多半是吧。关系这么好，真让人羡慕。

啊，这两个人也有梦想啊！

能和喜欢的人一起做梦，并逐渐将梦想实现，这可真好。

我将倒好的大麦茶放到托盘里端到桌上时，圆城寺正将一张作品清单递给村崎。

"嗯——"村崎眉头紧锁，手里拿着计算器。预估报价是一项重要的工作，似乎也是他最不擅长的部分。村崎用低到几乎听不见的声音问圆城寺："你们是希望我给每张画单独报价，还是给五张画报个总价，之后在我这边对账？"

"报总价。这次的木框和垫板我们都不做要求，全交给阿贝尔工坊设计。"

"全交给我们？"

"没错。这次的活动不卖画，只是展出，像节庆展陈似的。我们也商量过了，想看看阿贝尔工坊会如何装裱，愿意心怀期待，等您设计。况且，我们完全信任阿贝尔工坊，这次就拜托您多多关照了。"圆城寺低下头。

村崎靠在椅背上，抱起胳膊。"……这是我们的荣幸。"

接着，他一口喝光了杯中的大麦茶，倏地坐正了身子看向两人，说："我会全心全意地投入设计的，努力成就一桩完美的婚姻。"

我不由得"咦"了一声："您二位要结婚吗？"

"不不不，"圆城寺笑着摆手，"人们常用'完美的婚姻'形容画作和画框完美契合的状态。这个说法最开始好像是由欧洲画框界的人提出的。"

听了他的话，村崎撑着下巴说："画框不张扬，甘心做画的陪衬，永远守护、支持、鼓励着画……很了不起呢。"

立花微微偏头，问："这么说来，画作和画框谁是男人，谁是女人呢？"

"嗯？"立花急切的提问令村崎措手不及。

圆城寺温柔地笑了，说："都有可能吧？也要看时机和场合。两个人不需要把喜欢挂在嘴边，只要打心底里觉得对方好，就是完美的组合了。因为每个人都是独一无二的。"

莫非圆城寺在借题发挥，声势浩大地向我们秀恩爱？

我不知是否该坏笑，只好死命地咬住嘴唇。

立花什么都没说，目光似乎也有些恍惚，但神情中流露出满足。

"画框的'框'字，也可以读成缘分的'缘'嘛。"①

圆城寺自言自语似的嘟囔着。

圆城寺他们回去后，村崎将作品的清单拿给我，要我去复印一

---

① 在日语中，"画框"的"框"和"缘分"的"缘"写法相同。

份，说完便往后门走去。估计是去看那块晾晒的浮木了。

我把清单放进复印机，捡起机器缓缓吐出的纸张。清单中的一个作品名跃入我的眼帘，仿佛会发光似的。我不禁瞪大了双眼。

Esquisse（《草图》）杰克·杰克逊　澳大利亚　水彩

一个名字从记忆的深海中忽地跳出水面。

杰克·杰克逊？

我激动地走到工作台前，确认圆城寺画廊的作品还放在那里。

我翻看贴在厚纸上的标签——《草图》，找到了。我戴上白手套，轻轻掀开厚纸，看到了纸下那位身穿红衣的女孩。

柔软的长发在灯下闪着辉光，作者的笔触几乎令我落泪。

杰克。啊，是杰克。没想到，我们终于在这里见面了。

大学三年级的春假，次郎说有个便宜的旅行团不错，邀我一起去墨尔本。

墨尔本，一座充满艺术气息的城市。壮观的大洋路、菲利普岛的企鹅……我们报了旅行社五晚六天的团，走马观花地欣赏了这些风景名胜。

旅途只有一天的时间可以随意安排，在墨尔本市内自由活动。

我和次郎刻意选择分头行动。

我独自在城市中漫步,把重点放在维多利亚国家美术馆上。

墙上喷绘着五彩斑斓的艺术作品,虽说墨尔本允许在墙上随意涂鸦,但这些涂鸦的水平未免也太高了。走在街上还能看到用粉笔直接在墙上画画的人,整座城市就像一块画布。

一栋建筑的一角有一扇敞开的门,我往里看了看,那好像是一间画材店,便走了进去。

一位体格壮硕的大叔坐在收银台前,他身旁的椅子上拘谨地坐着一个头发乱蓬蓬的年轻人。明明是第一次见面,目光相交之际,他还是对我露出了一个和善的笑容。我也被他感染,回以一个微笑。

他的身前有一张小桌子,上面杂乱地摆着图画纸和颜料。与其说他是在画画,不如说是在店里试画材。

他旁边的墙上挂着一幅水彩画,深蓝的底色上用清澈的碧蓝画着一座细长而华美的三角塔,塔底像长裙般优雅地铺开。

这幅画击中了我的心。

在看到它的瞬间,我的眼睛、内心、双手双脚,都像要被吞噬了一般。我还是第一次有这样的感觉。

多么美的蓝色啊!耸立于其中的塔身线条纤细却有力,剧烈地撼动了我的内心,随后又将它牢牢地稳住……

这实在是一幅有魅力的画作,我真想久久地、久久地欣赏它。

坐在椅子上的杰克见我望着那幅画，用英语告诉我："那是我画的。"

尽管我的英语很一般，但还是能听懂他的意思。

画作的下方贴着一张纸，上面写着：Jack Jackson（杰克·杰克逊）。

杰克·杰克逊，很好记的名字。

"这幅画真漂亮。"

我的回应很简短，贫瘠的词汇量使我只能说出"漂亮""奇幻"等内容。可杰克的画着实精彩绝伦，以至于我为无法精准地表达自己的感受而不甘。他不仅灵活运用了水彩轻柔的特性，同时还将塔的锋芒展现得淋漓尽致。

"画的是艺术中心的塔。"

杰克从椅子上起身，站到我旁边。跟他并肩而站时，我发现他的个子比我想象的矮小一些。我的个子本就不高，而他对我笑的时候需要略微抬头。

我记下"艺术中心"这个地名，查看随身携带的地图。

我刚刚肯定从它旁边路过了。那是一个集剧场、音乐厅等于一身的综合设施，顶部确实有这样一座高塔。

但我看到的那座塔应该不是蓝色，而是白色的。导游手册里也写着，艺术中心的塔已经成了墨尔本的标志之一。在很远的地方也能看到它，所以我是以它作为路标一路走过来的。

我不知该说什么，只是定睛望着那幅画。杰克忽然说："到了夜晚，塔就会像这样点起蓝色的灯。"

原来他画的是夜景。

蓝白色的塔清爽地耸立于温柔的夜色之中。这种张弛有度的美再一次吸引了我。不过，如果这幅画只是用画笔画的，那塔的线条也太细了。

"是怎么画的呢？"

听了我的疑问，杰克开心地重新坐回椅子上。"你看着。"

他在调色板上挤了蓝色的颜料，用带水的笔蘸上颜料，将画纸的一部分涂满蓝色。然后他放下笔，又拿起另一种画材：油画刮刀。

杰克用菱形的刀头迅速划过那片蓝色。伴着"沙沙"的声音，纸上出现了一条纯白的细线。我不禁高喊起来："噢！"

"刮痕、刮痕……"

杰克唱歌似的嘟囔着，用油画刮刀在画面上刮了好几次，似乎十分愉快。

刻在蓝色中的白色像网似的。待颜料干后在上面铺一层淡淡的蓝色晕开，局部保持原样，活用白色。画中的效果大概是这样做出来的。

他用油画刮刀向我展示了许多技法。

把颜料挤在刀的侧面，让它刮到纸上，可以拉出笔直而水润的线条。画面滴水后用刀身抵住，在黏糊糊的地方按压还会形成晕开色彩后的色斑，很有意思。

对在美术大学读油画专业的我来说，油画刮刀是很熟悉的绘画工具。油画是用颜料进行偏立体的创作，我从未想过，油画刮刀在水彩画里也能大显身手。

"你要试试吗？"

杰克抬起头问我。我点头。

他说颜色可以随意挑选，我毫不犹豫地从颜料盒里选了红色。

我将图画纸的一角涂红，然后拿起油画刮刀。

唰啦——这手感令人愉悦，我精神振奋，也模仿杰克的样子嘟囔道："刮痕、刮痕……"

"日本也有类似形状的塔，是红色的东京塔。"

我利落地画了个三角形，简单描绘出东京塔的模样给他看。我之所以选择红色的颜料，就是想告诉杰克这个。

"哇！"杰克两眼放光，"我也想去看看东京塔。虽然我还没去过日本，但对日本很感兴趣，我也有日本朋友。"

接下来，杰克和我连说带比画地慢慢交谈，告诉对方自己的情况。店里没有别的客人，收银台前那个店主模样的男人心思一直在报纸的填字游戏上。

杰克说，他在画画的同时还打很多份工，这间画材店也是他打工的地方之一。最近他参赛的作品得了个小奖，渐渐有人找他约稿了，只是数量还不多。知道他和我都是二十一岁的时候，我们小声欢呼了一阵。

但只有一件事我理解不了。

他那幅画艺术中心的作品，放在一个暗淡的古铜色廉价画框里。画框上沿的中间位置还有一个心形的部件，十分违和地贴在那里。怎么看，这个画框都像是用过很多次、马上就要报废了，以此将这幅画随意地装裱起来。

重新审视那个破旧的画框，我感到无可奈何，甚至有些愤怒。这样好的画作，为何要遭遇如此的不幸？

明明有更好的画框和这幅画相配。

这幅作品值得被更妥善地对待。

"这画框是……？"

我克制着情绪提问，杰克苦笑了一下。看来他本人也不满意。

"这是仓库里的，店主允许我拿过来用。要是我的画能遇到更适合它的画框，待得更舒坦些就好啦。"

这时，几位女客人走了进来，用流畅的英语和店主对话，杰克也被店主叫了过去，他们似乎在商量某些复杂的事。我看了一眼手表，和次郎约好见面的时间就快到了，我必须走了。

杰克正专注地和客人交谈，我不好意思打搅他，便恋恋不舍地离开了。

杰克·杰克逊。我在脑海中反复念叨着这个名字。

回国后，我无论如何也忘不了那幅画，而想到那幅画就会连带着想起那个画框。如果那幅画能配有合适的画框该多好，那样就可以最大限度地展现杰克作品的魅力了。我从小就喜欢画画，但大概是看到那幅画之后，我才终于意识到了画框有多么重要。

大学里没有和装裱相关的系统课程，我自己的画大多也不用画框，而是直接挂在墙上。

我对画框产生了浓厚的兴趣，逛了一家又一家美术馆，仔细地观察画框。究竟什么样的画框才适合杰克的画呢？一直以来，画框工匠是怎么给画配制画框的？我不停地思索，不知不觉间，对画框的热情竟超过了画。

画框工匠制作出的画框没有哪两个是相同的。框架的粗细、厚度、形状、色泽、雕工和花纹的差异使每个画框都有其独特的神韵。同一幅画装裱在不同的画框里，给人留下的印象也全然不同。但不可思议的是，无论画框做得多么奢华绚烂，人们更多关注的也永远是装裱于其中的画。

不过，这或许是一种错觉。对画着迷的同时，人们必然也会关注画框。画框低调地衬托着画作的美，二者形成美妙的和谐。画框的制作既是艺术，又暗藏缜密的心思。真有意思。

我的热情愈加高涨，开始想尝试制作画框，并亲手装裱画作。

面试过许多公司后，我来到阿贝尔工坊，决定成为一名画框工匠。邂逅杰克的画，使我的目光从画转向了画框。

虽然我不是预言家，但我很清楚，杰克毫无疑问会成为一位成功的画家。那样优秀的画作和画者，不可能一直屈尊待在那间小店里。

当杰克成为知名画家时，我希望自己也能成为一名老练的画框工匠，能胸有成竹地接下他的作品的装裱工作。

那时候，我确实是这样想的。

村崎从后门回来了。

果不其然，他的小臂下面夹着那块浮木。看到我在工作台前发呆，他惊讶地走了过来。

那次旅游之后，我再也没见过杰克，也不知道这幅名为《草图》的作品是他在什么时候画的。但看起来他有了长足的进步，日本已经有如此珍视他画作的画廊了。

"村崎……"

"嗯？"

"能不能……能不能让我来装裱这幅画？"

村崎瞪大了眼睛，只是张了张嘴，没有说话。

"我和杰克……也就是这幅画的作者见过一面。我是因为看到他的画，才对画框产生兴趣的。"

我向村崎说明了情况,片刻过后,他点了点头:"好吧。那你就按照自己的想法,独立试试看。"

独立。分明是我毛遂自荐,这个词的分量又让我倒吸了一口气。村崎面无表情,继续说道:"我已经教了你不少知识,你一个人也完全可以从头到尾地做好装裱工作了。"

"……谢谢您!"

创作的欲望宛如巨大的积雨云,在我心里翻涌不息。

墨尔本那间画材店的门,一定还向我敞开着。

这幅题为《草图》的作品,是幅半身的肖像画。

整张画似乎只用了两种颜料描绘:红和蓝。色彩的搭配堪称绝妙,这样的配色令我情不自禁地想起在墨尔本遇见杰克的那一天,我甚至觉得一切都是命运使然。

做模特的女孩大概二十岁,身穿红色罩衫,胸口处别着一枚翠鸟胸针。她看向斜前方……不,她当时一定是凝视着某个人……

她的神情充满感伤,瞳孔里浮现出宁静的寂寞,却不知怎的,还透出一种强烈的感情。

从长相和发质来看,女孩大概是东方人,长发里随处可见细致的线条。油画刮刀的使用技法完美地展现出了她顺滑的长直发,我仿佛看到了杰克画这幅画时的模样。

草图,也就是草稿的意思。不是正式的画稿,而是在图画纸上随心所欲地描摹、提炼思路时画出来的东西，也是绘者脑海中的想象落到现实世界的第一步。画草图的时候，往往会有新的灵感诞生。可以说，草图是一种"启动仪式"，在它之后，正式的画作将在想象与现实的结合中逐渐成形。

这幅画为何会叫《草图》呢？我也不知道。是草图直接成了作品本身，还是说，这个女孩身上的故事有草图的含义？

杰克好像说过，他有日本朋友。也许就是这个女孩吧？无论如何，既然能请她来做模特，两人之间一定有某种关联。

我摊开方格纸，从画框设计的草案做起。

首先是画框的形状。为了不破坏画面的寂静感，我不想让画框的装饰性太强。但如果太克制，整幅作品又可能显得暗淡。我一时间犯了难，重新凝视画中的女孩。

她身上孤独的气质和随时可能落泪的表情让人揪心。好想让她看到一点希望啊……

我的目光忽然定在她胸口的胸针上。那是一只翠鸟，正展开双翅，自在飞翔。

就是它。

我的铅笔在方格纸上飞快地舞动。

我打算在画框的每一边都从内向外做出山峰似的隆起，外侧的山脚部分则做得平缓而顺滑，这样一来，就会形成如同鸟儿展翅般的断面。画框在组装之后，这一点也许不容易被人察觉，但这份藏起来的心思一定会显露出来。

然后，我想在扁平的画框四角……雕上羽毛。就这么办。用羽毛给女孩增添勇气，并打造可爱的氛围。

这样一来，框架的厚度就成了问题。如果太厚，画框就会显得沉重；如果太薄，又没法雕刻。

我将装满造型样品的盒子搬到工作台上，里面都是在工厂做好的木条成品，锯下来直接组装就可以。幸好阿贝尔工坊的样品种类丰富。

我在盒子里挑选和草案的形状接近的木条。这些年给村崎打下手的时候，我装裱过很多次画作，肯定能找到好东西。

我挑出几种山峰断面的木条放在画作上，想象完工的样子，但迟迟无法决定。

不太对劲。

设计方案明明不难，却没有一个样品与之吻合。和草案相似的木条有很多，我也都比着画看过了，问题到底出在哪里呢？

我闭上眼，叹了口气，休息了一会儿，又站起来。

我走到冰箱前面，拿起装大麦茶的水壶。这时，圆城寺的那番话浮现在我的脑海中："两个人不需要把喜欢挂在嘴边，只要打心底里觉得对方好，就是完美的组合了。因为每个人都是独一无二的。"

"啊！"我情不自禁地叫了出来。

我一直在挑选"接近想象的"材料装裱画作。不知从什么时候开始，我已经习惯了这种工作方式。

我试着用圆城寺的话代入画框和画作的关系——

"不需要把某种画框的好挂在嘴边，只要打心底里觉得它好，就是完美的组合了。因为每一幅画都是独一无二的。"

我关上冰箱的门，跑到工坊的一角。那是放木材的地方。

我要寻找的不是相近的东西，而是独一无二，能与作品完美契合的东西。

第二天早上，我在村崎的问话声中醒来。他见我睡在工坊的长椅上，担心地摇醒了我。

"你昨天晚上睡在这里了？"

我睡眼惺忪地坐起来。清晨时，我想稍微躺一会儿，看来是睡过去了。

"我没赶上最后一班列车，就接着干活来着。"

"要注意身体啊。"

村崎皱着眉头说。我含混地应了一声，站起身来，道："村崎，我……有事想和你商量。"

村崎看了我两眼，坐到桌前，催促似的对我指了指椅子。我和他面对面地坐下来。

"那幅画的画框我不想用现成的木条成品做,我可以从木材做起吗?"

以前村崎这么做的时候我给他打过下手,也曾给自己的画做过画框当作练习,但还没独自从零开始做过客户的订单。再者,虽然这样说有些失礼,但我觉得圆城寺画廊不太可能给出充足的预算。

村崎对我这心意已决的请求似乎毫不吃惊,淡淡地说:"终于说出这句话了啊?我一直等着听你这么说呢。"

"不过,预算方面……"

见我怯生生地开口,村崎翘起一边的唇角:"其中的一个画框我用那块浮木做就行了,就算你那个多花点钱,预算也绰绰有余。"

"毕竟是白得来的啊!"我带着安心和喜悦笑了,村崎却无可奈何地说:"那东西可不是白得来的,它千金难换。"

他抱起胳膊说:"这次圆城寺画廊拿过来的作品中,有一幅描绘十九世纪江湖艺人的油画。那群江湖艺人可能是一家子,有老人,还有小孩。看到那幅画的瞬间我就觉得那块浮木和它很匹配。那块木头在河水中浮浮沉沉,想必见识过许多风景。看它如今这副模样,肯定经历过无数岁月风霜。我打算好好利用它原本的形态和味道。"

望着突然兴奋起来的村崎,我有些困惑。

我一直以为，总是闷头干活的村崎内心也一直保持着沉着和冷静。原来并非如此，他是真心喜欢做画框，怀着炙热的心，认真面对每一个订单。

那块浮木简直像上天特意为村崎准备的一样。

原来是这么一回事啊。

"村崎，你经常捡浮木，就是为了这一刻吗？"我若有所思地问。

但村崎摇了摇头："不，这回只是凑巧。我只是想留下一些手工制作的画框，没想过它们能不能卖掉。不做成实物让大家看见，别人就无从得知了。"

让谁看？得知什么？我有些摸不着头脑。

村崎把手放在下巴上说："我有点危机感，觉得日本美术的现状很危险，这是从材料方面考虑的。比如江户时代之前的书，至今不还保存得好好的吗？但近百年来的书纸很脆，没法保存那么久。好好的文献和画，要不了多久就会化成粉。古时候的日本有那么多优秀的技术，却有不少因为只能口口相传而消失。随着自动化的进步，社会也没有余力去培养那些技术的继承人了。工业革命之后，得到飞速成长的不是手工艺人，而是高楼大厦。"

村崎的话像决堤的洪水，我默默听着。他望着远方继续说道："装裱工艺不只属于德高望重的画家和美术馆，普通的家庭在日常生活中，也应该享受由它带来的美。无论是孩子的画，还是喜欢的人送的明信片，如果能使这些让我们直观地感到开心的东西触手可及，该多好呀。我想尽自己的努力，让更多人看到画框的美好和它的制作工艺，将这项技术传承下去，让装裱工艺离普罗大众更近一些。这就是我的梦想：让绘画继续存在于人们的日常生活中，让人们的每一天过得更加丰富。"

我真是第一次听村崎一口气说这么多话。

原来平时沉默寡言的他有这么多想法，为何之前我没有试着理解他呢？

"没有梦想可不行"——其实，村崎的想法都在这句话里了。

我总算明白了。

村崎的梦想……不仅针对画框和画，而且针对每天的生活，为了有血有肉的每一个人。

村崎偷瞟了我一眼，问："你想好要用什么木头了吗？"

我点头。

"樱木。"

作为一名日本人，我打算在画框的制作中倾注满怀的深情，将它献给对日本有兴趣的杰克。

定好设计方案后，我开始裁切木材。

画作是 B4（纸张规格）的尺寸，木条的长度要将垫板的宽窄也考虑进去。由于是一幅竖版的肖像画,为了让观众能静下心来欣赏,我想将横木的长度略做延展。在这一阶段,哪怕只是细微的调整,也会对画框的整体效果产生影响。

我心无旁骛地用电锯和刨子裁切木头。

在这些未经任何雕琢的天然木材面前,我仿佛能捕捉到它们的呼吸。

木材的上翘、扭曲、皱褶、木节……无论是什么木头,无论这些树曾经生长在哪里、是怎样被做成木材的,它们都有独特的个性。

没错,木头和人一样,都有独特的个性。

我再一次想起这间工坊的名字。

阿贝尔,法语"树"的意思。

真是不可思议。我轻轻抚摸着樱木,闻见木头上散发的馨香。

我花时间和精力裁出木条,核对尺寸,谨慎地拼起画框,偶尔会让村崎帮忙检查。

看到画框的全貌后,我一方面松了口气,一方面又有了新的紧张之处。

羽毛的雕刻——相当重要的一环。如果在这之中出了差错,一切的努力都将付诸东流。我翻阅了好几本图鉴和画集,研究各种羽毛的纹理。要雕刻哪种羽毛,又要怎么雕刻呢?

我将和杰克共度的那一小段时光的记忆拉到眼前,当时他高兴地教了我油画刮刀的使用技巧。

刮痕,刮痕。

没错,刮痕。不用刻刀做立体的雕刻,而是用针头细细地刻画;不喧宾夺主,但做得高雅而可爱。这些在画框四角飞舞的轻飘飘的羽毛,大概能温柔地裹住女孩隐忍的痛楚。

雕刻顺利到连我都觉得惊讶。刻出羽毛,用砂纸打磨,让其呈现出滑润的纹路,整个过程都让我感到充实。

最后再压上箔,就能完工了。我拉开一个装箔的抽屉,轻轻取出包在和纸里的箔。

箔除了金箔,还有银箔、黄铜箔、锡箔、铝箔、黑箔、白金箔等许多种类。

我决定使用金箔。尽管它的造价高,但毕竟是王道,村崎也要我不用担心预算。无论怎样,我就是对这个画框有执念,想赋予它最灿烂的辉光。

然而,当我打开裹着金箔的和纸,被那耀眼的金光闪得头晕目眩时,我停下了动作,有一种穿错了鞋的尴尬和别扭。

用金箔衬托那幅画的魅力,真的是最好的吗?

我把和纸盖在金箔上,陷入了深思。

要不要用银箔打造更雅致的感觉呢?还是说,不压箔,保留木头纯粹质朴的感觉更好?

不，还是该用金箔，我想用它来庆贺我们的重逢。可是……

我越想越糊涂了。

和自己画画时的纠结或迷茫不同，现在的我，是不知该按自己的想法做到什么地步。

次郎说过，即使辛苦地做了画框，人们关注的也总是画，不会看到我的名字。

他说得没错。也许正因为如此，我才想把自己的意念强烈地灌注其中。

可是……作为画框工匠，我应该在作品中注入自己的情感吗？这样做，会不会忽视画家的感受？

画框不能挡在画前头。我是画框，杰克是画。

如果是杰克的话……

如果是杰克的话，会想怎么做？

"要是我的画能遇到更适合它的画框，待得更舒坦些就好啦。"

杰克的声音在远处响起，我有了清楚的决定。

不该用金箔，它的光太强了，会吹熄这幅作品小心翼翼围住的烛火。

最适合这幅画的是……

我将金箔包好，毫不犹豫地拉开另一个抽屉。

我确信，最适合这幅画的是黄铜箔。

黄铜箔乍看上去像是金箔，但它是用铜和锌做的。这两种金属搭配在一起，使其色泽和金箔有些许不同。

我从抽屉中拿出三号黄铜箔，是青金色。

三号黄铜箔的锌含量较高，给金黄笼了一层青色。这闪着冷光的颜色，一定能突显出画中女孩的温暖。

我拿来胶水，聚精会神地将箔压进画框，几乎忘了呼吸。

每当极薄、极脆弱的箔贴到木头上，与之合而为一的时候，我都有一种奇妙的感觉，觉得自己仿佛也和杰克合而为一了。

即使他不在这里，即使我们多年不曾见面，但毫无疑问的是，我正和他一起做着画框。

就像次郎说的那样，即使用尽全力、注入灵魂，画框工匠的名字也不会出现在台前。制作画框时工匠如何冥思苦想、倾注了多少时间和心血，也不会被任何人知道。可是——

我知道。

是我创作了这个独一无二的精美画框。

我为此无比自豪，这样就足够了。

啊，如今的这份工作让我多么幸福啊。

等一等，杰克。

我会做出能守护这幅画一百年的画框。

村崎默默不语，久久地凝视着装裱好的《草图》。

我浑身紧绷，等待他的评价。

他缓缓抬起头，平静地微笑道："空知，你之前说要用金箔来着，最后竟然选择了黄铜箔。我觉得，这是个很棒的决断。"

听到这话，我终于松了口气，放松了紧绷的身体。

村崎满意地继续说道："对做画框的人来说，过分喜爱某个作家或作品，也是有些风险的。爱越深，就越是不能丢了冷静，越要想清楚究竟该怎样做。有些理智是不可或缺的。"

他把食指抵在画框下方，笑了笑："这一处箔没压实的地方也很妙。"

我耸了耸肩。

自己在技术上果然还是差得太远，做不到完美。

"抱歉，我会精进技艺，努力做得更好。"

"不，我这句话不是嫌弃，而是发自内心的欣赏。这种和缓的晃动只有在手工压制时才会出现，会使画框更有温度，让人百看不腻。"

村崎把手指从画框上移开，目光定定地望着我，说："包括这处晕渍在内，一切都很适合这幅画。干得不错！"

得到村崎的认可，我很高兴。但我发现村崎好像比我更高兴，眼眶不禁有些发热。

村崎长出了一口气，感慨良多地说："发布工坊招募广告的时候，你的应聘让我喜出望外，但说实话，我以为你很快就会走的。我看你是个玩心很重的小伙子，心想你多半会败给日积月累的欲念。"

村崎垂着眼帘的神色让我想起了从前的自己。于是，我抱着果决的心态抬起头得意地说："和日积月累的欲念相比……人没有梦想可不行啊！"

"别学我！"村崎皱起眉头，强忍着不笑出来。

画框的框，也是一种缘。

我有了另一个梦想。

在不远的未来，我要再去一次墨尔本。

寻着杰克·杰克逊的名字去见他。

以一名狂热的粉丝，同时也是自豪的画框工匠的身份告诉他——请一直画下去，画出更多好的作品吧！

第三章

番茄汁与蝶豆花

赤と青とエスキース

"祝贺你。"无论在什么时候,这都是一句好话。

我逐一回复着从四面八方发来的祝福邮件。

"恭喜获得漫画大赏!"

"谢谢!"

"获了漫画大赏,恭喜!真棒啊!"

"谢啦!厉害吧?!"

"祝贺摘得这个荣誉奖项,成功啦,很精彩!"

"非常感谢。今后也请您多多指教。"

回信不能冷冰冰,也不能有失礼数。我根据寄件人的身份挑选合适的话回复,生怕错过任何一条消息。

"从此高岛也有骄傲的资本啦!"

"嗯,我高兴得不得了。"

"爱徒在业界大展身手，恭喜贺喜。"

"谢谢您，那小子干得漂亮。"

"好久不见！砂川凌曾经做过高岛的助手吧？听说获了漫画大赏？我看到电视新闻，吓了一跳呢……恭喜！"

"是啊，我也吓了一跳啊……谢谢！"

呼——我暂且把手机放到桌上，伸手拿过眼药水。

四十八岁，我的眼睛开始老花，小字怎么也看不清楚。可能是因为老揉眼睛，又得了干眼症，必须经常滋润双眼。

手机发出一声提示音，又来了一封邮件。

我瞅了一眼手机屏幕，是同行的狐朋狗友发来的。我左手拿着眼药水，右手点开邮件："青出于蓝而胜于蓝！跟你徒弟学习学习，你也加把劲吧！"

"少啰唆。"我嘟囔着笑了。

虽说是笑了，却不知道为什么是含泪的笑。这下根本不需要眼药水了。

平安度过焦头烂额的截稿日，我久违地剃了胡子出门。

这次出门，为的是接受一本名为 *DAP* 的男性杂志的采访。对方说还要拍照，于是我特意戴上了刚买的鸭舌帽。我这人相貌平平，对自己的时尚品位也全无自信。戴上鸭舌帽之类的东西，形象终归会好一些。

上个月，曾经是我助手的砂川凌获了漫画大赏。

那是漫画界备受瞩目的奖项，每年颁发一次，由书店店员和志愿者选出"超推荐的有趣漫画"，投票决定排名。如果能顺利获奖，作者的知名度会飞速提升。颁奖的时候，出版社和漫画家也很期待。

更何况，两个月前他的这部作品还在名为《这本漫画有感觉！》的专题杂志上获了优秀奖。获漫画大赏的捷报一出，漫画立刻大幅加印，腰封上的文案"双冠王！"醒目极了。出道三年来，砂川的势头一直很猛。

人们简称这本名为《黑色暗渠》的漫画为"黑渠"。

漫画讲述了住在暗渠管道里的怪兽的故事，属于超现实主义的类型却又符合时代潮流，有一点恐怖又有一点好笑……最重要的是有趣，将人类的愚蠢和智慧、爱与不安描绘得极为精妙。

漫画中，暗渠的结构也表现得清晰易懂，听说还有不少人想用它做资料，在教学或有关环境问题的研讨会中使用。总之，这是一部娱乐性和社会价值都很高的作品。

据说颁奖典礼的记者招待会在新闻和综艺节目中播出后，希望采访砂川的人源源不断。这也难怪，以前几乎没露过面的砂川堪比模特的外形此番终于通过视频信号传到了千家万户的电视屏幕上，媒体绝不会错过追踪报道的机会。更何况他那么年轻，才二十六岁。原来那位画出炫酷漫画的男人本身也英气逼人——有关砂川的新闻大概已经有了话题度。

然而,砂川不喜欢抛头露面。多数时候都是责编以"作者的话"的形式替他面对媒体的采访,提供给外界的录像和照片往往也是重复的。

在诸多的采访邀约中,DAP 提交了一个名为"和师父高岛剑对谈"的企划案,砂川似乎是说了"这个可以接"。

砂川为什么接受这个访谈?他到底是怎么想的?他平时一向沉默寡言、面无表情,待人接物时的反应也很寡淡,我难以理解他的想法。不过,对此我当然不反感,并且希望尽力配合。

对谈的地点在一家名为"Cadre(画框)"的咖啡厅,我乘列车到离它最近的车站,然后步行去店里。咖啡厅坐落在清静的住宅区,我一度迷了路。看地图的时候,我以一家药妆店作为路标,没想到那家店的招牌旧到文字褪了色,害我走过了。

推开店门,一阵清脆古朴的铃铛声响起。

这是一家复古风格的咖啡厅,灯光刻意打得较暗,吧台里那个浓密络腮胡子的男人和我目光相交。他应该就是店的主人。

"欢迎光临。"

一位套着白围裙的女服务员忽然从黑暗中走出来,我吓了一跳,不由得向后退了几步。女服务员五官端正,但脸上的表情紧绷,并不年轻。大波浪的头发扎成一束,顺在脑后。

"啊……嗯，我是高岛剑。来参加 DAP 的对谈。"

服务员听我说完，面不改色地点了点头。

"好的，请您挑喜欢的位置坐。"

我是第一个来的吗？我看了一眼手表，离约定的时间还差十分钟。

店小巧而整洁，座椅数量大致有十五个。或许是这家店没什么人气，此时只有角落里的那张桌前坐着一对大学生模样的情侣。

我暂且坐在吧台最靠边的位置。

"您要点杯喝的吗？"蓄着胡子的店主问。他为人亲切，和女服务员不同。

"啊？不了……等大家来了再点吧。"

"这样啊。"店主回答后从我身旁离开了，开始擦玻璃杯。

一脸的胡须令他有些显老，但凑近了一瞧，他似乎比我还年轻些，大概四十出头吧。女服务员也差不多，她坐在吧台的另一头，正表情严肃地记账。

嗯，我就是那位叫高岛剑的漫画家——《神社商店街加冰》的作者，这个系列的销量还是不错的。啊，二位都不看漫画吧？五年前，我的作品《蜻蜓十三号》还改编成了电视剧。二位也不看电视吧？那个剧总共就一集，时长两小时呢。

这里的店员们对漫画家高岛剑毫无兴趣，他们身旁的我在店里四处张望着。

店里在播放钢琴古典乐，墙上挂着大大小小好多幅画。画的种类很多，却神奇地保持着某种一致的风格。

"店里的画真多啊，像画廊似的。这些画卖吗？"

我随口一问，店主马上摇了摇头："不卖。我只是收集自己喜欢的画，不像画商那样野蛮。"

他这话很有意思，我不禁向前探了探身子，问："画商野蛮吗？"

"画商给画估价，价格还不断在变化，这难道不野蛮吗？到底谁有权做这种事呢？每一幅画都有自己的独特之处，怎能被没参与作画的人用数字来估量？"

"……说得也是啊。"

我安心了一些。

我懂，我懂啊，大胡子先生。

漫画也是一样。作品各有各的精彩，不该被世人评头论足。

我对坐在吧台另一端的女服务员说："你们的店长很酷啊。"

女服务员瞟了我一眼，目光又落回账本上。

"怎么说呢，我是不明白在画廊卖画和在咖啡厅卖饮料有什么区别。不定价生意就没法做啊，画家也是要生活的。实际上，店里的画大部分不也是用钱换来的吗？"

真是个不讨喜的女人。而且，她和店主的关系到底是有多差啊？！

店主仍在沉默地擦杯子，他也许已经听惯了女服务员的这种话。

不过，我一方面觉得店主可怜，另一方面也能理解女服务员的观点。

画作是无法定价或排名的，我能够共情这种纯粹的爱画之心。但与此同时，没有钱就活不下去也是事实。如果画卖不出去，画家就难以为世人所知，也难以画出下一部作品。

真是矛盾啊……

我刚整理完帽子，门铃就响了。

"啊，对不起，让您久等了。"

一个穿高尔夫球衫的年轻男人进了店，看见我便抱歉地跑了过来。应该是 DAP 的记者吧？他身后紧跟着一个扛着摄像机的年长男人。

"我是 DAP 编辑部的乃木，今天请您多多关照。"

名叫乃木的记者报上姓名，低着头递给我一张名片。他的眼睛亮晶晶的，长相可爱，但鼻子下面留着小胡楂。怎么着，最近是流行蓄胡子吗？早知道我刚才就不剃了。

"感谢您百忙之中拨冗接受这次对谈。"

乃木虽然年轻，性格却很沉稳。我摆手说着"没什么"，情绪比刚才高了一些。没错，就该这样。这位记者尊我为公务繁忙的漫画家，这多让人感动啊。

这时，门铃又响了。是砂川。

他看到我们坐在吧台附近，便默不作声地慢慢走了过来。

"嘿，好久不见。"

我主动向他打招呼，他却轻轻地摇了摇头。

没错，我们好久没见了。大概有三个月了吧。上一次是在出版社主办的派对上短暂地打了个照面。不过砂川不习惯派对的氛围，很快就离开了。

他好像瘦了些，但还是那么帅气，简单的T恤衫和牛仔裤也穿得有模有样。细瘦的腰身大概只有我的一半粗吧？用发蜡搓得半湿的头发也显得很简约，我甚至怀疑他雇了个造型师。听说还有时尚杂志来找他拍封面，这也不难理解——虽说他好像立刻回绝了。

砂川低着头说："抱歉我来迟了，出租车司机迷路了。"

"嗯！路的确有点难找。没关系，我们也才刚到。"

乃木走过去，再次礼数周到地将名片递给砂川，也没忘记道上祝贺："恭喜您获得漫画大赏。"

"谢谢。"砂川的答话声微弱得很，类似的话他大概已经听过无数遍了。

乃木对我们露出温和的笑容："不好意思，可以麻烦二位移步到那边的座位吗？"

我们被带到里侧墙边一张宽敞的圆桌前。

两把椅子略微带一点斜度地对放在桌前，后面的墙上居中挂着一幅水彩画。

落座之前，我看了一眼那面墙上的画。

那是一幅肖像画，画中是一个长头发的女人。整幅画似乎只用了红蓝两色颜料，头发的暗部做成了紫色的渐变，出色地描绘出了女人一头如瀑的秀发。女人穿一件红色的衣服，胸口别着一枚翠鸟胸针。

她的目光湿润，似乎正看向一个本不该看的地方。脸上的表情分不清是喜悦还是悲伤。

我仔细观察，发现窄窄的画框上刻着压了箔的羽毛，工艺精巧。画框的配色沉稳却暗含温暖，完美地契合了画的意境。

画框的下面有一个小小的牌子，上面写着一行文字。

标题为 *Esquisse*，作者名为杰克·杰克逊。

这名字真有意思。一个好记的名字很重要，我也是想破了脑袋才给自己取了这么一个笔名。砂川出道的时候说要用真名，我还曾建议他想一个更让人眼前一亮的名字，可他一下子否决了我，说自己用不着。这人真没情趣。

"啊，是杰克·杰克逊的画！"

身边的乃木大声说。

"你认识他？他很有名吗？"我问。

乃木的目光炯炯有神，道："他是位澳大利亚的画家，但最近在日本也有了人气。他的作品温暖又柔和，却不乏尖锐的棱角，两种风格的平衡掌握得极好，大家很吃这一套。上个月，他在东京开了个人展览，我还去采访了。"

"啊，他年轻吗？"

"今年好像四十岁。这幅画虽然没写创作年份，但应该是他早期的作品吧，说不定价值很高呢。"

我想问问店主，往吧台一看，他不知正在和谁打电话。我再次把目光放到画上，仔细端详。

"Esquisse 是这女人的名字吧？"我嘟囔着。乃木歪着头说："不过她看上去不太像西方人啊，可能是日本人。"

"那……也可能是'我喜欢画画'[①]的意思？"

"哈哈哈！"乃木轻松地接住了我的这句玩笑话。

已经坐下的砂川冷着脸，望着那幅画说："我想应该不是。"

开玩笑的啦，砂川。我当然知道不是。

我苦笑着坐下，砂川讷讷地继续道："Esquisse 是草图的意思。绘者先在图画纸上画出草稿，再以它为基础画正式的作品。"

这小子博学多才，对很多领域都很了解。真是的，他也太会耍帅了。我接着砂川的话往下说："那就跟漫画的分镜差不多吧？"

"嗯，大概吧。"

[①] "我喜欢画画"的日语和"Esquisse"发音相近。

绘制草图这一步，在画家的绘画体验中应该是最有意思的。画家将脑海里的形象一股脑地通过画笔展现在纸面上，赋予它们鲜活的生命。画中的人做了什么、说了什么，构图如何，情节怎样展开……想重画多少次都可以，所以画坏了也没关系。我一定会画出一幅惊天动地的大作——在自由挥动画笔的过程中，一定有人这么想。虽然在真正画完之后，就要忐忑不安地观望编辑的态度了。

我疑惑地问："也就是说，这个标题是画分镜的意思？"

"谁知道呢。也可能'草图'就是这幅画的名字。"

艺术作品这东西，或许永远没有"完成"一说。这幅画的标题是什么意思这个问题，也许只能去问杰克·杰克逊本人了。

这时候，女服务员来为我们点单。应该是乃木叫她来的。我接过菜单翻开，目光落在软饮上。

"啊，我要番茄汁。"

砂川在我旁边看着菜单，想了一会儿，小声说："我要蝶豆花。"

我不由得重新把菜单拿起来看了看。虽然不知道蝶豆花是个什么东西，但这小子连喝杯饮料都这么时髦。

这时，在另一张桌前准备器材的摄影师叫乃木过去一下。乃木立刻跑了过去。

我远远地看到摄影师和乃木在商量着什么，方才坐在角落的那对情侣走到我们旁边。

"那个，不好意思……"

男人红着脸向我搭话。

呵,什么嘛,我的粉丝?我满面笑容地望向他。只听他说:"您是经纪人吗?"

"啊?"

"我们是砂川凌先生的粉丝。可以请他签个名吗?"

"……哦。"

女人站在男人身后,手里拿着纸和钢笔。看样子两人是因忽然撞见了名人,于是匆忙从包里拽出了一张纸。

砂川照例面无表情,只是略微抬起头。

为了展现对这对自称粉丝的情侣的服务精神,以及作为砂川前辈的身份,我故意轻飘飘地说:"谢谢你们啊!喂,砂川,签名,人家要你的签名——你开不开心?"

我接过女人的纸和钢笔,放到砂川面前。这小子在纸上竖着写下了自己的名字,像写在自己的东西上似的。

给别人签名,大可以多些趣味性吧?我在确定要出道后还想过好几种花样呢,比如在名字的旁边添一个剑的插画什么的。

"谢谢您!"那对情侣从砂川的手中接过签名,欢呼雀跃地离开了。远处传来女人的尖叫:"哇——太棒啦!"

这帮小孩,怕不是以为每位漫画家都有经纪人吧?还是说,砂川在大家眼中已经那么有名了?

"让二位久等了!"正当我纳闷的时候,乃木跑了回来,女服务员也端着盘子来了。

番茄汁和……蝶豆花。

放在砂川面前的那只玻璃茶杯里,盛着鲜艳的钴蓝色饮品,仿佛蓝墨水。应该是一杯热饮,杯口飘着热气。

"真厉害,这东西能喝吗?这个蝶豆花,是什么玩意?"

"……是茶。"砂川似乎不想再说话,乃木代为回答,"味道也没有看上去那么特殊啦,蝶豆是豆科的植物,可以缓解眼部疲劳。它的花看起来像蝴蝶,颜色偏紫,但萃取出来就成了漂亮的蓝色。"

青出于蓝,而胜于蓝。

想到这句俗语,我摇了摇头。徒弟超过师父,这是多么残酷的俗语。

乃木打开录音设备,对谈开始了。

简单核对过双方的资料后,乃木问我:"高岛先生刊登出道作品的漫画杂志,是荣星社的《卢卡斯》对吧?您也是以新人奖为契机出道的吗?"

来了!我舔了舔嘴唇,摆出发言的架势。这段"出道秘话",我在各种场合不知说过多少次了。

"哎呀,不是的。是我自己把漫画拿到了荣星社。我当时紧张得直闹肚子,冲进公共厕所泻了个痛快,刚放松下来,就听到有人'咚咚'地敲隔壁坑位的墙。

"怎么不敲门,而是敲墙?我吓了一跳,只听一个浑厚的大叔嗓音逼近过来:'喂——隔壁有人吗——?'我回答:'有人——!'大叔就说:'不好意思,能不能给我递几张手纸?'

"于是,我赶紧把一整卷手纸递了过去。我出来洗手的时候,那位大叔也一脸放松地出来了:'啊——谢谢你救了我。'他看了看我手里那个装着漫画原稿的信封,问我:'毛遂自荐?'

"虽然答应看稿子的是另一位编辑,但那位大叔对他说了句'你帮他看看'。就这样,编辑当场唰啦啦地翻了一遍我的稿子。

"看完稿子,编辑说:'太好了,正巧下一期的《卢卡斯》有个新人开天窗了。'于是乎,我就以替补的形式出道了。我大吃一惊——啊?这么突然?那位大叔有这么大的权限?我一度还以为是被对方晃点了呢。"

"啊,敢情您是光速出道的啊。"

"……听说那位大叔是总编辑。所以说,我是个超走运的男人,这 路走来全凭运气。没错,就是这样'运屎亨通'。① 失礼了。"

我每次都以这个谐音哏作结,接着用双手撑着桌子,利落地一低头。乃木和摄影师都笑了。

"人们都说厕所里有神明,我想这也许是真的吧——厕所里一定有纸。"②

---

① 在日语中,"运气"和"屎"的读音相近。
② 在日语中,"神"和"纸"的读音相同。

今天的听众反响不错,于是我追加了一个哏。但他们只是一笑而过,乃木把脸转向砂川,问:"砂川先生和高岛先生是怎么认识的呢?"

看来今天有关我出道逸事的提问就到此结束了,不过这也无妨,我今天主要是来替砂川做宣传的嘛。

"嗯……"砂川撇着嘴,似乎说不出话来。先帮他开个头吧——我介入了话题。

"大概三年前吧,我有位助手突然辞职了。那家伙说他有个游手好闲的朋友,一直没去上班,于是我决定暂且让这个人来替一下,到我招到下一任助手为止。我和砂川就这样认识了。"

我把话头递了过去,但砂川只是点了点头。喂,我都说到这儿了,你好歹说些什么啊——我看了看他,但他似乎丝毫没有要开口的意思。

没办法,我只好接着往下说:"我听说他在学校的美术成绩一直是优,心说让他涂个黑、画个效果线肯定没问题吧?就让他来了。一开始就是这样。"

一开始,的确是这样。

但没过两天,我忽然发现,砂川有着了不起的才华。

砂川毕业于一所小有名气的大学,曾就职于某家大型广告公司。但他干了两个月就辞职了,之后好像没再找工作,也没有打工,一直待在家里。

因为他说自己没给别人做过漫画助手,第一天我便让他从擦除不必要的线条和涂黑开始。下班前,砂川看着摊在我桌上的分镜,突然喃喃地道:"漫画是这样画出来的啊。"

"你要不要也试试看?"

我随口告诉他,工作室里有三个塞得满满当当的纸箱,全是我画的分镜,可以随便看。从给杂志社投稿的时期开始,到出道后所有被毙掉的分镜都在里面,量很大。

砂川拿起一沓用燕尾夹夹住的分镜,问:"您都留着吗?"

"嗯……虽说稿子正式画好之后扔掉它们也无妨,但我觉得分镜里才有作品的灵魂,所以一张也舍不得扔。"

砂川认真地看了一张又一张分镜,一句话也没说。我想他大概是有兴趣了,便教了他画分镜的要点,但也只是教了个皮毛。即便如此,砂川还是立刻找到了窍门,第二天便画了一张让我惊叹的分镜。

我怦然心动,几乎怀疑自己恋爱了。

不过,这种感觉和恋爱又有些不同,是一种邂逅好东西时的振奋。我也教了砂川勾线的入门技巧,但这对他来说根本不算什么。总之,砂川就是天赋好得出奇。

就这样,砂川很快画出了一份十六页的漫画原稿,看完稿子,我哭了。

必须让更多的人看到它——使命感驱使着我将原稿拿给了我的编辑。

编辑看完稿子，也感叹不已，立刻通知砂川填了一份"卢卡斯新人奖"的报名表。然后他便毫无悬念地获奖了，随后出道。最吓人的莫过于这是他的第一部漫画作品。砂川简直是个怪物。

乃木再次看向砂川，问："砂川先生之前没画过漫画吗？"

"是的。但和在公司上班相比，像现在这样画漫画似乎更适合我。"

这小子终于正常说话了，尽管那语调战战兢兢的，但他至少愿意自己发言了。我这才松了口气。

砂川在出道后仍然在我这里做了一段时间的助手。虽然我对他说一星期来两天就行了，但他几乎每天都来。接着，他不知用什么时间画完了第二部作品，直接拿下了杂志的连载权，从此便自立门户了。这部作品就是获大赏的《黑色暗渠》。很快，这小子也有了自己的助手。

乃木善意地笑着问我："可以说，是高岛先生发掘了砂川先生的才华呢。您真厉害。"

"还好啦。"

我哼了哼，喝了一口番茄汁。乃木边做笔记边继续问："说到高岛先生的代表作，就不能不提以商店街为背景的那部主人公是调酒师的作品：《神社商店街加冰》。这部漫画描绘了市井百姓的生活和人情冷暖。不过，砂川先生的作品风格和画法都跟高岛先生截然不同，这一点也很有意思呢。"

"是吧？这样是最好的。不过，这小子也画市井百姓的生活哟，而且画的还是暗渠——谁的生活中都少不了的东西。没想到他的着眼点在这里，我蛮感动的。同样一片风景，我看到的和这小子看到的到底不一样啊。"

这就是庸人和天才的差别吧——我还想到了这句话，又觉得若是说到这份上，未免太过自轻自贱，于是把它咽回了肚子里。

接下来，我们围绕《黑色暗渠》聊了一会儿。乃木提问，我回答大半内容，砂川略做补充。大概聊了三十分钟，最后到了拍照环节。

砂川问乃木："这一页会是彩色印刷吗？"

他的口齿突然清晰起来，和刚才判若两人，令我惊讶。

"是的，会刊载在彩页上。"

听了乃木的回答，砂川的声音更洪亮了："这么说来，《黑色暗渠》的介绍也会是彩印对吧？请尽量把封面放大一些。"

"那是当然。"乃木点头。原来他还是会说这些的啊——没想到砂川突然如此主动，我整理了一下帽子。

到了拍照环节，我似乎被摄影师调动了情绪，露出了慈爱的笑容。但砂川一丝笑意也没有，不过他显露出的厌世气质也不赖。

"那么,稍后我会将写好的稿件发给二位。饮料钱我这边已经付了,二位好好休息吧。"

乃木熟练地说完这一长串话后,和摄影师一起离开了咖啡厅。这样一来,我和砂川一时半会儿也不好走了。

那对情侣早就离开了,店里没有其他客人,店主和女服务员在吧台那边相对无言,只有钢琴曲在柔和地流淌。我和砂川像被人突然晾在了这里似的,有些尴尬。

砂川默默地在桌上交叠了手指,我打破了沉默,试图找一个聊天的契机。

"这类采访,你应该多接一些。"

砂川轻轻一偏头,大概是"我不要"的意思。

"你也该多出镜才是。好不容易大家都对你感兴趣,应该抓住让自己更有名的机会。"

我从没拒绝过杂志和电视台的采访。即使是收到购物杂志的拍照邀请,我也会高兴得不由自主地比出胜利的手势。这和画漫画无关,是我自己的"广告业务"。

若是购物杂志上登出我躺在枕头上睡得香甜满足的照片,我便会觉得自己成了知名人士,终于得到了大家的认可。那感觉好极了。

要是我有砂川那样的外形,肯定会最大限度地利用自己的优势。砂川这样可真是浪费,就连推特账号,也是半年前在我的多次催促下他才开通的，现在他的粉丝数量已经超过了十万人。可他基本只是转发出版社的官方账号发布的信息，没发过几条有意思的原创推文。

我可是使出了浑身解数——关于漫画和其制作过程、有人气的电影观后感、路边的猫和美食等照片……没有我不发的内容，粉丝数量才好不容易破了万。一条推文只要能有五十个"赞"，我就很开心了。可砂川只要偶尔发一句"睡了"，点赞量就能直逼四位数。

"多用用推特也好呀。"

"……算了。太麻烦了。"

啊，他说得也是。如果被骂或收到一些莫名其妙的回复，确实麻烦。

我在网上搜索有关自己的评价时也提心吊胆。饶是如此，却忍不住不搜。我想知道大家对我的评价，看到好评就干劲十足。所以每每都是抱着豪赌的心态，忐忑不安地在搜索栏中输入自己的名字或作品名。

"教你一个好方法：我发现，在网上搜自己的消息时，在'高岛剑'后面加上'先生'，通常就不会看到多少差评。虽然搜出来的东西会一下子少很多，但受伤的风险也会随之降低。"

"不，没关系的，我不看网上的评价。"

砂川拿起杯子放到嘴边。

也许他已经有过不好的回忆了。想想也是，对红人来说，粉丝和黑子往往是成对出现的。

成为专业人士就会遇上这些事。在互联网上,不知道会从哪里冒出来一个根本不认识的家伙口出恶言,或者说些和作品完全无关的话。而这些内容,会被人不负责任地、肆无忌惮地传播。

尽管光是想想就犯难,但要问我是否愿意回到没有这些担忧的投稿时代,我可是绝对不想回去的。我希望成为漫画家,了解这一切后决心全盘接受。

我面向砂川,语重心长地说:"听好了,无论你今后画出了多么精彩的作品,都必然会有人找你的碴。这是必然的。找碴没有风险,要是被那帮闲得无聊的家伙耍得团团转,最终你反而会变得只会画那些无聊的东西。所以说,用不着介意那些。"

砂川的眼皮略微皱起。

然后,他的目光斜斜地望过来,说:"我没有很介意。并非所有的读者都是跟着自己的感觉买书的,也有些人是因为作品获了奖才买的。这样的人多了,认为作品名不副实的声音自然也会变多。这类人的声音出现在互联网上,是必然的结果。"

我的脑袋一阵钝痛。

什么嘛,突然说这么一大串。这小子真够狂的。

这下我终于明白,他为什么会接受和我的对谈专访了。

这小子是想告诉大家,自己早已超越了我。他就是想通过杂志对谈的方式向公众展示这一点,让我丢人现眼。

我气得快冒烟了,赶忙喝下一大口番茄汁。这又酸又甜的暗红色黏稠液体,实在是有"人情味"的饮品。

相对而言,将那杯蓝色的液体顺滑而高雅地摄入体内的砂川,简直像机器一样冷冰冰的,直教人怀疑他究竟有没有生命。

机器。是啊,他好像一直如此。形象完美,没有失误,也没有情绪。

"不愧是获了漫画大赏的作家啊。"

这句话冲口而出之后,我被自己吓了一跳。

我本想打个哈哈了事,却发现这句话像仙人掌似的带着刺。为了自保,我这具不好看的身躯里射出了小小的针。

但砂川似乎完全不为所动,只是淡淡地说:"获奖的是作品,不是我。"

"……嗯?"

"获奖的不是我,大家喜欢的是《黑色暗渠》。"

"获奖的不是我"——这句话他说了两次。

我浑身颤抖,丹田处仿佛"咣"地传来了一声巨响,好像有某个沉睡的东西在体内苏醒了。

我想起刚才砂川唯一一次主动对乃木的提问:"这一页会是彩色印刷吗?"

"请尽量把封面放大一些。"

是啊。

砂川丝毫不希求自己受到关注，作品就是他的全部。通过采访，尽力宣传《黑色暗渠》才是最重要的，但他不善言辞，所以才想和我一起。他大概知道我会口若悬河地帮他说很多吧。没错，一直以来，我为了表现自己几乎不择手段。不可否认的是，即便是今天的对谈，我也想过搭砂川的便车，捧一捧自己。

这难堪的自我表现欲，一下子让我羞愧难当。

我渴望被认可、被奉承，渴望家喻户晓、被人夸赞，渴望赚得盆满钵满，渴望有女人缘。

啊，太丑陋了。我这个人啊，实在是不像话。乔装打扮，搔首弄姿。可卸下武装后的我更加不堪一击、不值一提。我郑重地整理好头发，重新戴好帽子。

我靠在椅背上长出了一口气，不经意间看到了墙上那幅《草图》中的女人。

这是一幅肖像画。画中的女孩和真人究竟有几分相像呢？

"有时候，我会想……"我心不在焉地对砂川说，"古时候没有镜子，也没有照相机，人们连自己长的是什么样都不清楚，就这样过完了一生。这可真牛啊。大家能看到周围所有人的长相，却一辈子都不知道自己长得多帅或多丑，只能想象自己大概的模样。"

砂川也目不转睛地望着《草图》。我继续说道："所以我想，那个年代的人是真的需要通过画画知道自己的模样吧。如果画师把人画得比实际要帅，被画的人会一辈子都觉得自己长得很帅吧。那可真幸福啊。"

反过来也是一样。如果画师把人画丑了，那人恐怕也会认为自己其貌不扬。同样，一个人如果一直被评价没有才华，他最终可能会度过平庸的一生。

或许正因为如此，我才渴望被称赞、被认可，过分关心别人对自己的评价，或许也是因为这个。

旁观者清，当局者迷。现代人虽然有了镜子或照相机，还是没什么两样。

砂川不再端详《草图》，把手伸向杯子。

"就算一辈子不知道自己的长相，我也没什么所谓。"

"真的吗？"

我不由得提高了音量，打心底里感到震惊：没想到真有这种人。

我频频看向砂川——长相如此俊美的人，竟对自己的相貌漠不关心，实在讽刺。

"你真是对自己没兴趣啊。"

"高岛先生真是喜欢自己呢。"

我哽了一下，皮笑肉不笑地放过了这句话。

"心里有自己的理想状态，这样也很正常吧？"

砂川不以为意地说："是啊，很正常吧。这样也挺好的。"

"好在哪里？"

"因为我根本没有所谓的理想状态。当漫画家不是我的梦想，这条路只是对我来说水到渠成罢了。我很羡慕高岛先生这样有强烈的渴求，并最终实现了梦想的人。"

这是什么意思嘛！这小子知道有多少想当漫画家的人呕心沥血地想要出道吗？说起来，之前我听说他的美术成绩一直是优秀，后来才知道，他所有科目的成绩都是优秀。砂川这人，可真了不得。

我的心里再次涌起怒火，忍不住要说些惹人嫌的话，却在下一瞬忽然泄了气。因为砂川喃喃地道："在开始画漫画之前，我无论做什么都提不起兴致，也继续不下去。"

我望着他白皙光滑的脸，忽然动了恻隐之心。我终于意识到，这家伙的心里没有半分傲慢，有的反倒是率真。

对砂川来说，无所不能不是自满或骄傲的资本，反而是一种自卑。无法普通，是独属于天才的苦恼，想到这里，我连嫉妒的心思都没了。

我当初是为什么想成为漫画家的呢？

从小学开始，忘了具体是什么时候，我已经开始在笔记本和教科书的角落里画漫画了。朋友说我"画得真好"，让我"再多画几张"，我听了高兴，就不停地画。

砂川，我和你不一样，从最开始，就完全不一样。

我根本没能读大学。脑子不好使，家里也穷，去大型企业就职对我而言简直如童话故事一般。上高中的时候，我一面打工送报纸，一面做着当漫画家的梦。

漫画世界平等地对所有人敞开大门，似乎只要肯动笔，漫画就能让我自由自在地翱翔。哪怕是成绩一点也不好，又没有运动细胞的我，只要无可救药地爱着漫画就没问题。

除了漫画，我什么都没有。

所以，我兢兢业业地画，兢兢业业地投稿，一刻也不曾停下。还曾拿着稿子，亲自跑了好几家出版社毛遂自荐。在三十岁之前，我换了很多份工作，坚持了不知多少年。

其实，那段"出道秘话"里有一些添油加醋的成分。

那天在去厕所之前，我拿着漫画原稿给另一位编辑看过。

那位编辑当着我的面唰啦啦地翻完原稿，将我批得体无完肤："这根本不是漫画，别浪费我的时间啦。"他的话说得很重，以至于我怀疑这可能是他缓解压力的手段之一。

我抱着被退回来的稿子，将自己关在厕所的单间里哭了一场。

该死，该死，为什么我宁愿遭这份罪也非要画漫画？

可是那些故事和画面，就是诞生在了我的脑海中。

角色们兀自出现，兀自说起话来。我就是没有办法不把它们画出来——如果我停笔了，它们要怎么办呢？

所以拜托你们，别抹杀它们的存在。只要有人读过它们，知道它们存在于这个世界，它们的生命之光就能被点亮。

哭得涕泪纵横时，我听见有人猛地拉开旁边单间的门走了进去，紧接着是一阵气势更猛的排泄声。

托这声音的福，我收拢了心神，不再流泪了。在离开之前，我冲了马桶装样子。那个声音就在这时响了起来："喂——隔壁有人吗——？"

后面的情节和我每次讲给大家听的"秘话"一致，走出单间之后却是另一个故事。

我瞟了一眼大叔脖子上挂着的名牌，只看出了他是漫画编辑部的，倒没想到他会是总编辑。

但我还是跪在了厕所的地板上，用双手举起那只装着原稿的信封，头低得几乎快要磕在地上拜托道："请您读一读。请您读一读我的漫画。

"拜托了，拜托了，拜托了，求求您读一读。"

大叔……不，总编辑从我的手中接过信封，带我去了外面的咖啡厅。他连菜单都没看，直接点了一杯番茄汁。

"你要喝点什么？"他问。我不知道该怎么办，便说："我也要这个。"

总编辑皱着眉头读完我的稿子，指出了一些需要改善的地方：角色设定、分镜切割、加强结尾的情绪调动。

"能改好吗？"他又问。

我用力地点头。

那天回家后,我废寝忘食地将那部漫画重新画过。我自己都能感受到,一点小小的改动,确实让作品变得更好了。我像着了魔一般飞快地动笔,熬夜画到天亮后直接去打工,下班回家继续画,三天便改完了稿子,拿给了总编辑。

总编辑在同一家咖啡厅读完稿子,露出观音菩萨般慈爱的眼神:"不错嘛,我喜欢这个故事,这种漫画可以有。"

听到这句话的瞬间,我便意识到自己的脸皱成了一团。终于……终于有编辑愿意将我的漫画点石成金了。

我勉强撑住自己几欲瘫倒的身体,久久地低头向他表示谢意。

眼泪和鼻涕滴答滴答地落在放了两杯番茄汁的桌上,积起一摊水渍。

"稿子我拿走了。"收下稿件的第二个星期,总编辑打来电话,告诉我《卢卡斯》的页面开了天窗,想用我的稿子来补空。

从此以后,番茄汁对我来说就有了特殊的意义。它成了一种让我奋发向上的饮料。

砂川,多亏你的提醒,我才想起来这些。

我确实也有着这种想法:作品是我,又不是我。真正应该被推荐、被认真对待的不是我,而是作品。

亏我还草率地发表了一大通令人窒息的说教,真是对不起。

我已经没什么能教给砂川的了。我和他只是短暂地擦肩而过,这小子一溜烟就跑到了我可望而不可即的远方，像蝴蝶和飞鸟似的张开了双翅。

砂川，再次恭喜。

你是真正有实力的人，即使我没有发掘你，无论你在哪里、用什么办法，迟早都会拾起画笔，成为被读者肯定的漫画家。漫画之神不可能放过你的才华。

这时，店主在吧台里轻轻"嗯"了一声。

他四处张望，不知道在找什么。

于是女服务员悄无声息地走过去，从收银台旁边的抽屉里拿出了一个放皮筋的口袋，隔着吧台朝店主"砰"地扔了过去。

店主默契地接过来，无声地抬了抬手，笑了。女服务员什么也没说，和店主对望了一眼，微微扬起嘴角。

这是怎么回事？

那位女服务员怎么立刻就知道了店主在找什么？还有两人交接东西后的眼神，简直绝了。彼此之间一声招呼也没打，难道是心灵感应吗？

我端详着这两个人，心想：他们的关系或许不能用好或坏来形容。那位女服务员虽然时而说些难听的话，时而沉默不语，但她说不定很理解店主，以至于不需要与之进行言语沟通也能懂得他的感受。

而店主一定也清楚地意识到了这一点。

桌上传来嗡嗡的振动声,是砂川的手机。

他用食指轻轻一点手机屏幕,忽然瞪大了双眼,停下动作。

"怎么了?"

"《黑色暗渠》动画化的事情好像定下来了,编辑给我发了邮件。"

"哇!"

我猛地一攥拳。

"太棒了!太棒了啊,砂川!"

我大力拍着砂川的后背,他一扭身躲开了。

时下漫画家获了奖固然也高兴,但还是动画化能给他们更多的惊喜。这样一来,会有更多的人看到角色形象,读者人数会爆发式地增长。

我倒不是为《黑色暗渠》即将被动画化而震惊、激动。我早知道不远的将来会有这样一天,只是为自己见证了砂川得知这个消息的瞬间而兴奋不已。

那部我喜欢的漫画——砂川的《黑色暗渠》在我的眼前茁壮成长,这太让我开心了。

"你小子,应该更开心点!"

"……我是挺开心的。"

砂川看上去一点也没有开心的样子,但我终于发现他抵在手机屏幕上的手指在微微地颤抖。不知怎的,我的心一下子软了下来……还带了些抱歉。

或许我在下判断时,总是太依赖那些浮于表面的、简单易懂的东西了。一直以来,我有认真观察过这个小子吗?

砂川用手机点开责任编辑发来的网址,看了本次担纲动画制作的公司网站和候选的配乐作曲家资料。我像乌龟似的伸长了脖子,和他一起看手机。

屏幕上的字小到我看不清楚,我勉力看着屏幕,果不其然开始不停地眨眼。干眼症需要给眼睛补充水分,我在包里摸索着,想拿出眼药水滴一下。

找眼药水的时候,我觉得很放松,心情就像泡澡的时候似的,于是气定神闲地对砂川说:"你和我真是不一样。我只是运气好,而你是真的有才。"

砂川猛地抬起头,话音里的情绪没有起伏:"高岛先生的运气好吗?"

"嗯?"

我单手拿着眼药水发愣,有种被当头淋了一盆冷水的感觉。

砂川淡淡地说:"我听编辑说过,高岛先生去荣星社毛遂自荐的时候,第一次看您稿子的编辑是出了名地会打击新人,原本应该负责接待您的编辑去接电话了,才让您撞上了那位编辑。所以说,您打一开始运气就很差啊。不过我听说,那个人因为滥用经费,之后不到一年就被出版社开除了。"

"啊——"我张大了嘴,却说不出一句话。而砂川滔滔不绝:"高岛先生对自己出道的故事做了加工,但真正的版本早就在编辑部里传为佳话了——那个在厕所下跪,请总编辑读一读自己稿子的男人,则成了佳话中的秘话。听说协助您出道的那位总编辑不久便退休搬去了马来西亚生活,第二部作品只剩您一个人孤军奋战,把您累得够呛。"

怒火一下子涌上了脑门——总编辑怎么这么八卦,竟然把我下跪的事都说出去了?!而我一直都以为编辑们不知道这些,想着反正总编辑也出国了,自吹自擂也无妨,这行为多愚蠢啊!

我有种被耍了的感觉。砂川是什么时候知道这些的?既然知道了就该早点告诉我啊,我这洋相出大发了。

"而且,您猜拳老是输给别人,彩票期期都买却从没中过奖,乘列车基本轮不上座位,总是抽走公司纸巾盒里的最后一张纸巾,别人都能用上新的。网上购物,有时还会买到质量差到吓人的残品。"

"……呃。"

砂川好像开了窍似的,忽然变得能说会道起来。我甚至有一种被责怪了的感觉,他的刀法极为精准。"我可从来没觉得您运气好。"

快闭嘴吧……别把我搞得更可怜了……

啊,对了,他说得确实没错。正是因为知道自己没有才华,我才不停地自我催眠,说自己"运气好"。其实我的运气也不行,能出道全仰仗总编辑的德高望重。

"唉……也许是吧。应该说,我只是被总编辑拉了一把……"

看来不承认是不行了——我有些语无伦次,而砂川猛地一摇头,说:"高岛先生不是被总编辑拉了一把,而是被作品拉了一把。"

啊?我望着砂川,他用清澈的目光凝视着我,说:"高岛先生靠的不是运气,是努力。我非常尊敬您。"

什么嘛……这搞的是哪一出啊?!

说这些话时,砂川仍然面无表情。而浑身发热的我,确定他的话没有一丝一毫的虚假。

这小子向来如此:在重要的事面前,目光绝不会迷离。确定分镜、选用笔刷、切分画格……他一直在我旁边目不转睛地学习这些技巧,像一块迅速吸水的海绵。

而此刻,他就像那时候一样,定定地注视着我。

呼——我感到一阵放松。

他能发现这一点,真是太好了。

原来最认可、最理解我的人一直默默地守候在我身旁。

番茄汁喝光后的玻璃杯上泛着浅浅的红。我望着砂川说道："今天的这次对谈，以及能和你一起上杂志，我都很开心。这是一次非常好的纪念，谢谢你。"

他依然不苟言笑，说："不，我才要谢谢您。要不是有这个机会，我也不好意思邀您见面。"

语气冷淡。砂川就是这样。

"这种话要说得更喜庆些啊！"说完，我笑了。

明明笑了，却不知为何笑中带泪。看来这眼药水还是派不上用场了。

第四章

红鬼与蓝鬼

赤と青とエスキース

绿灯在闪烁。

我一路小跑着过人行横道，仿佛那快速闪烁的绿光就是我此行的目标。跨过几条画在柏油路上的白线，马上就要抵达对面时，绿灯变成了红灯。在近旁等候的机动车好像狰狞的动物，随时会向我冲来。我逃也似的加速，跑过了马路。

我在信号灯牌旁边停了一会儿，白色的呼吸和安心的情绪一同从嘴里吐出。新年过去半个月了，城市彻底恢复了日常运转的节奏。车水马龙，人流交织。

我的心跳又快又猛，只是跑了两步就上气不接下气，很明显是缺乏运动。也许是因为怕冷，我的身体总是瑟缩着，最近总有些喘不上气的感觉。

我重新围了围巾，挺直了身板。

再走五分钟就到店里了,离出勤时间还早得很。

既然如此,刚刚过马路时我为什么要一路小跑呢?

我在东京都内的进口杂货店 Lilial 工作已经一年半了。

这份工作是我在五十岁时换的。在那之前,我做过很多份工作,到了这把年纪,已经不期待有地方愿意以正式员工的身份雇我了。我从如何接待客人学起,三个月后,还领到了一些进货的任务。如此这般,我已经很感激了。

这家店主要进口法国、英国的食器和室内装饰品,只消看看这些商品,我就觉得放松。浏览邮购目录或网上的商品,思考哪些适合在 Lilial 卖——我很喜欢这个过程。

看中我的老板上个月年满六十,是个腰板挺直、性格刚强、精神矍铄的女人,花白的头发剪得很短,反而显得她气色很好。她向来不乏追求者,这或许也是她心态年轻的主要原因之一。现在的恋人好像小她十五岁,据说她之前也有过好几位男朋友。

商住大楼一层的这间小店铺目前由她和我一起打理。今天做完开店的准备工作后,老板说:"对了,你要不要试着去英国采购?"

"采购?"

"你眼光好,感觉也能跟客户顺畅地沟通,也是时候去进货商那边看看了吧?我太忙了,想拜托你一个人去,能行吗?"

我心潮澎湃：为得到了老板的认可，为可以因公事出国，为能接触到真正的杂货市场，也为老板能将这份工作托付给我一个人。

"……我去！我想去。"

老板对我眨了眨眼，微微一笑。

我早就想去趟英国了。那是一个我心心念念了很久，却还未去过的遥远国度。

之前的我总也找不到一份固定的工作，在工作上一直提不起兴致。但现在，我兴奋极了。活到五十一岁，我或许终于找到了自己想做的事。

"你的护照还没过期吧？"

"还没。"

胸有成竹地回答后，我吃了一惊。

护照。我的护照上哪儿去了？该不会……循着脑海中的记忆，我意识到，自己犯了一个错。

啊，是的。我把护照留在那边了。

留在和他一起生活时，我们的房间。

那天下班后，我垂头丧气地走向车站。

这一整天，我想了他好几次。分手后，我好久没这样了。

当时，我们住在一间两室一厅的租来的公寓中。房子虽旧，但在三层,起居室朝南,光照好,我和他一眼相中便租了下来。我们之前住的是合租房中的一个房间,没有起居室,冷得很,租下新居的时候,我们两个人都觉得生活品质一下子提升了不少。

离开那间公寓一个人生活,到现在已经整整一年了。有时候我觉得一年的时间已经不短,有时候又感叹怎么才过去一年。

我至今仍深深记得我们在公寓门口分别时那个寒冷的雨天,记得他目送我离开时模糊的笑脸。从头到尾,我都参不透他的心。尽管已经在一起了很长时间,但到头来,大概谁也没有真正懂得对方。

我本以为,今后不会再见到他,也不会再和他说话了。

刷卡出站时,我不禁为自己最后的疏忽而后悔。

我们的存折和印章都是由自己保管的,唯独护照一起放在床边柜的抽屉里,大概是因为平时用不上吧。前往异国他乡,对我们来说就像童话故事般不真实。

我已经没有公寓的钥匙了,没法偷偷回去拿护照出来。

既然如此,看来不联系他是不行了。必须告诉他这件事,让他把护照寄给我。

但要怎么操作呢?

寄信肯定来不及,要么发邮件或者 Line[①],要么就打电话。无

[①] Line:韩国互联网集团 NHN 的日本子公司 NHN Japan 推出的一款即时通信软件。

论如何，这都是我们分手后的第一次联系，所以我心情沉重。更何况这次联系是因为我的不慎而麻烦对方。

我在寒冷和狼狈中哆哆嗦嗦地站在月台上。列车缓缓驶来，我跟着规规矩矩的乘车队伍，挤上列车。

车厢里很拥挤，我单手抓住吊环。这时，我忽然意识到一件未曾确认的要事：他还住在那间公寓里吗？

他这个人也不太靠得住，过了五十还没有固定工作。分手前他是自由职业的状态，不时接些海报、小册子、免费报纸等物料的设计工作。他如今是否还在家办公？还是说有了新的事可做？说得再夸张些，我连他还在不在日本都不知道。

我一下子觉得他离自己很远很远。不，也许是我走得太远了。

就在这时。

心脏忽然发出一声闷响。虽然不痛，但那力道大到足以让我以为它停跳了。

正在疑惑的时候，我忽然发现自己无法呼吸了。氧气吸不到身体里。我挣扎着攥紧吊环，拼命回忆呼吸的方法。

但还是不得要领——我之前是怎么呼吸的来着？这问题我想都不曾想过。怎么办？好难受，好难受好难受好难受。我这是怎么了？

额头和手心都渗出了大量的汗水，我无从分辨自己究竟是冷是热，只觉浑身被心悸支配，犹如猛然被丢入了深深的海底，不停地挣扎。

有谁……有谁能救救我？车厢里有这么多人，却没人看我一眼。我发不出声音，也动弹不得。

车内广播响起，下一站就要到了。我抓住这一线生机，要自己无论如何也要坚持到那一刻。列车刚停，我便使出所剩无几的力气，在这个自己从没下过车的车站跳出了车厢。

外面的冷空气冰凉地裹住我的身体。人们从我身旁走过，照例对我漠不关心。我一屁股坐到长椅上，捂着胸口。

空气轻盈地进入我的身体。呼吸通畅了，通畅了。

呼——呼——哈——哈——身体渐渐好受了些，我终于有余力环顾四周。

天空一片漆黑，隔着轨道的对面月台上人烟稀少。自动贩卖机在我坐的长椅旁边闪着光。一对亲密的年轻情侣挽着胳膊从我面前走过。

忽地一下，我回到了寻常的世界。不用再回忆如何呼吸，真是太好了。身上也没有任何难受的地方。刚才憋闷成那样，现在却像什么都没发生过似的，仿佛我只是晕了个车。

还是说……

我从包里取出手账。

二月二日。我在日程表上用红笔给这个日子画了一个五角星。

还有两个星期。

列车驶来，我合上手账，将它放回包里。

然后像往常一样，径直回了目前独居的房间。

第二天是 Lilial 的固定休息日，我不太放心自己的身体状况，上午去家附近的诊所看了内科。

我将昨天突然胸闷、喘不上气的事告诉了那位岁数很大的男医生。医生给我做了听诊、心电图，拍了胸片，没有发现大的异常。

"是不是压力导致的呢？"医生坦率地问。

压力。这个模糊的词我应当怎样理解？哪里会有没压力的生活？见我不说话，他照本宣科般淡淡地说："睡眠不足，或者是太累了吧？"

"……这么说的话，倒也是的。"

"嗯，您别想太多，好好休息比较好。看看情况，要是有什么不舒服的情况您再来。"

我就是因为不舒服才来的啊。

心里虽然这么想，但面对似乎想早点结束检查的医生，我什么话都说不出来，只好拿起大衣，从圆凳上起身。

不管怎么说，至少没查出哪里特别不好。身体不适或许确实与我最近睡眠不足有关。虽然工作顺利，很少觉得累，但我经常铆足了劲做资料，或者花好几个小时修改发给客户的邮件，为了让自己的英文无懈可击。

离开诊室，等待结账的时候，我去了趟厕所。小小的洗脸台所在的那面墙上，挂着毫无装饰的镜子。走进单间之前，那面镜子映出了我的身影，把我吓了一跳。我忍住想扭过脸去的冲动，停下脚步，目不转睛地盯着四方形镜子里的自己。

冷白的荧光灯下，站着一个面色糟糕的中年女人。一脸不悦的神情，眼窝松弛，脸部的法令纹异常清晰，鬓角处现出褐色的斑点。

不会吧，不对。这个人不是我，这不是我认识的自己，也不是我心目中的自己。如今的我，应该是光辉灿烂的，做着喜欢的工作，享受独身的生活。

只是体寒导致血液循环不好，只是睡眠不足，只是身体疲惫。我曾听说，就算做的是喜欢的事，该有的压力也还是会有。不过是去家的附近做个检查，所以我没怎么化妆，只是梳了梳中长的头发，衣服也没有仔细搭配。最要不得的，是这老气的荧光灯。

我摇摇头，从镜子前面走开，进了厕所单间。

离开医院时，已经过了正午。

本想在路过的咖啡厅里吃个简餐，却因为今天是工作日，店里人满为患。

这是一个天气晴朗、心情愉快的午后。抬头仰望蓝天，我终于放松了心情，庆幸检查的结果没有问题。我买了外带的三明治和热奶咖，一路走到公园。

坐在长椅上，我咬了一大口鸡肉三明治。对了，护照——我又想起这件事。趁着现在方便，干脆发一个事务性的简短信息给他吧。但等待回复反而会成为压力。如果他忘了回或者故意不回，接下来要怎么办又成了问题。

吃完午饭，我感觉不错，又着了魔似的想："不然给他打个电话吧？"

我捏着手机，决定趁着这股子劲把电话打了。我在电话簿里找到他的名字，尽管心也在怦怦直跳，但和上次列车里发生的那种异样的心悸不同。我的脉搏急促，感到的是实实在在的紧张。

"嘟……"呼叫声在我耳边响起。还是算了吧——刚想挂掉电话，只听"噗"的一声，电子音中断了。

"……喂？"

是他。

电话是我打过去的，他有这个反应很正常。尽管如此，不知怎的我还是受到了惊吓。当然，看到手机屏幕上显示出我的名字时，他肯定比我还吃惊。

"喂？"

由于我的沉默，他重复道。我慌忙地挤出一声："啊……是我。"

片刻过后，对面传来一个沉闷的气声，究竟是"嗯"或"啊"，我分不清楚。接着是一句犹豫的话："呃……茜，女士。"

茜女士？

他以前从没这样称呼过我。

是想用客气的措辞拉开我们的距离吗？表示他和我已经撇清了关系？但这样也没问题，不如说，正是我希望的。我情不自禁地反击道："对，是我。苍先生。"

他忍俊不禁。

"这称呼，挺新鲜的啊。'苍先生'，这样也不错。"

我也是第一次这样称呼他。虽然有些不甘，但多亏了他的笑，缓解了我的紧张情绪。可这之后，我却不知道接下来该怎样称呼他了。

我喝了一口剩下的奶咖，他简短地问了一句："你还好吗？"语气不冷不热，刚刚好。

"嗯，挺好的。"

"是吗？那就好。"

"你呢？"

"我也挺好。"

"……那就好。"

他一直不问"怎么了"或"发生什么了"，这样下去，我们没准会没完没了地唠家常，最后变成是我因为想念他的声音，才恋恋不舍地打电话给他的。不能再这样下去了，得赶快说正经事。

"那个，嗯……其实我有件事想请你帮忙。"我切入正题。

"帮忙？找我？"

听上去他并不反感，只是有些意外，还觉得有点好笑。我缓了口气，让自己的语气尽可能平稳："我要去英国出差，但护照好像落在你那里了。"

说了，我终于说了。我要……去英国……出差……了！

"这样啊。"

被他痛快地晾在一边后，仗着他看不见，我噘起了嘴。他的反应应该再大些，好歹也该说句"你好厉害"吧！我压着心头的不服，继续求助。

"所以，不好意思，能不能请你帮我把它寄过来？"

"寄护照吗？"

"嗯，平邮我不太放心，想麻烦你用挂号信寄。"

"啊——"

这一回，好像是他不服气了。

"寄挂号信就必须去邮局吧，我现在特别忙，你还是直接过来取吧。"

听他这样说，我又开始浮想联翩。

叫我去取，也就是说他还住在那间公寓里。并且，这就说明他并非再也不想见到我。既然如此，比起让他将护照装进信封、写好地址拿到邮局窗口寄挂号信，的确是我直接去取更方便：不会欠他的人情，双方都比较轻松。

"如果你觉得这样更好,那就这么办吧。什么时候?"

"今天傍晚就行,那时候我大概在工作,但总之是在家的。"

我有些退缩。这么突然,今天就要去?

不过,今天我也没有别的安排。我也想尽早把问题解决,痛快一点。

我和他约好四点过去,从长椅上起身。

回到家,我先打开了衣橱。穿什么好呢?他没见过的、不过分张扬,但落落大方的衣服。

想来想去,我选了一件山羊绒的针织衫。明亮的葡萄紫,我喜欢它有品位的华丽感觉。下身挑了一条珍珠色的长裙,稳妥,不会出错。

接下来,我打开首饰盒,又是选了一溜够,最终敲定了简单的银色项链配耳环。

选定衣服和饰品后,我匆忙冲了个澡,精心吹了头发。

我涂好隔离霜,在涂粉底时发现,此时的自己和医院厕所里的自己截然不同了。眼睛亮闪闪的,皮肤的颜色也好了很多。我用睫毛夹夹了睫毛,上了睫毛膏,修好眉形,整个人容光焕发。某种类似"气场"的东西,在我的身体里翻江倒海。

真是讽刺。以前我可曾为了和他见面如此费心思?一起生活的时候,我有时早上起来连脸都不洗,穿着睡衣也能度过一天。但现在的我如此卖力地想把自己打扮得更漂亮些，却不是因为甜甜的恋情，而是虚张声势——如果他觉得我变得苍老了，我将无法忍受，我希望他后悔与我分手；另一方面，假如表现得太过，让他误以为我打扮得漂漂亮亮的是还想取悦他，那就得不偿失了。这个度不好把握，以至于我自己都觉得麻烦。

到了公寓，我在一层入口处的门禁上按下房号。

很快便听到了回应，门从内侧开了。这感觉有些奇怪。明明在这里住了几年，未经许可，如今我却无法走进这里。

乘电梯上到三楼，站在那扇熟悉的门前，我再次按下门铃。少顷，门开了，我看到他的脸。

"啊……你来了。"

他顶着一头起床后没整理的乱发，穿着那件已经褪色了的深蓝色卫衣。面对一年未见的前女友，就算这里是他的家，这样也不太像话吧？他的一成不变，反而显得精心打扮的我很愚蠢。

"请进。"

我在他的催促下脱掉长靴。

我走进起居室，一团白色的东西倏地从地板上飞窜而过，我的肩膀不禁一抖。

一只纯白色的猫。

我吓了一跳。

"嗯？你养猫了？"

他站在厨房里，"嗯"了一声。

"有个朋友说他救下了一只受伤的猫，想带回家养时，才知道他太太对猫毛过敏。怎么说呢，有点命中注定的感觉，我就让他把猫送来了。"

那只白猫躺在沙发上。我不太会看猫的年龄，但它大概已经成年了。它偶尔背过脸去的时候，我注意到它的耳后有一条隆起的伤痕。

"它伤在耳朵上？"

"不，那道伤好像之前就有了。当时受伤的地方是后腿，不是很严重，早就好了。要喝咖啡吗？"

烧水壶放在灶上，灶已经打着了火。我本想说自己只是来拿一趟护照，却开口回了声"嗯"。

一起生活的时候，每个星期天的早晨他都会泡咖啡，然后一定会像刚才那样问我："要喝咖啡吗？"而我除了"嗯"，没有过别的回答。虽然我们分开了一段时间，但我好像还是逃不开条件反射。

猫在沙发上打了个哈欠。

我没养过小动物，看到家里有猫，情绪有些高涨，于是走到了沙发旁边。猫立刻跳下沙发，往厨房去了。看样子我是被嫌弃了。

于是，我径自在沙发上坐下。

他从厨房吧台那边的碗橱里拿出杯子，说道："白猫好像比普通的猫警惕心强。听说是因为白色在自然环境中比较显眼,如果不提高警惕,它们就很容易遇到危险。"

接着,他喃喃自语道:"可它明明没做错什么,只是天生长成了白色啊。"

水开了,他关了火。

我靠在沙发上,环视整个房间。

屋里和我在的时候有些不同,沙发扶手变得破破烂烂的,大概是被猫抓的,靠垫罩子也换过了,窗前摆了一扇薄薄的围栏。

空气里飘着一阵好闻的香气,他端着咖啡走了进来。我接过马克杯问:"你挺忙的吧?"

"嗯,忙得要死。"

他露出满足的笑容,脸上稀稀拉拉地长着邋遢的胡子,像是有几天没正经出过门了。他走到餐桌前,翻开堆在一旁的杂志,似乎对我的到来毫不介意。如此放松的状态,令我觉得自己离开的这一年仿佛做梦一般。一切仿佛一如往常,我们好像一直都住在一起。

但这不是梦,我是来取护照的。

我将杯子放在矮桌上,起身走向卧室,地上的猫又像在躲我似的,匆匆跑去了房间的角落。

我又不会对你做什么。虽然你这样让我有些受伤,但算了吧,反正今后我也不会再来了。

我走进卧室,拉开床边柜的抽屉,里面躺着两本护照。我打开确认过名字,拿走自己的那一本,回到起居室。

他正坐着翻阅杂志,猫在他的腿上。

原来即使我不在,他也无所谓了。平日里悠然自得,工作也接了不少,还有一只跟他很亲的猫。

我当然也是无所谓的。无所谓,根本无所谓,我一个人也能过得很好。

"我走啦。"我说。

"嗯。"他摸着猫答道。

猫舒服地闭着双眼,身上的毛很漂亮。我轻轻摸了摸它的屁股,和它道别,它睁开眼睛看了看我。我以为它会跑掉,但它待在他的腿上,一动不动,然后又慢悠悠地闭上了双眼。

第二次发作是几天后的早上。

那天准备出门上班时,我就觉得自己不太对劲。手不知怎的有些发麻,喉咙口也有些不适。

大概是这几天太冷了吧?我想。最近睡得不好,醒来时很难受,也没有食欲。我想自己也许快感冒了,于是往热姜茶里挤了些蜂蜜,喝完才出门。

列车像往常一样拥挤而闷热。人，人人人人，人。

我抓着吊环，在人群的推挤中勉力站稳。离 Lilial 还有两站的时候，那种感觉突然又来了。

心脏猛地一震，剧烈的心悸随之而来。啊，又来了，无法呼吸。明明没人按着我的胸口，我却觉得心脏快要被压爆了。呼吸，赶快呼吸。不行，我感觉车厢中只有我自己整个人泡在水里，吸不到氧气。我明显感到自己的额头和四肢已经大汗淋漓，费力紧抓着的吊环变得滑溜溜的。

好难受，救救我。快来人，快让列车停下来。再这样下去，我就要窒息而死了！怎么办怎么办怎么办怎么办怎么办怎么办怎么办怎么办怎么办怎么办怎么办怎么办怎么办怎么办！

不行了。

就在我失去意识的前一秒，列车停了下来。我意识模糊地松开吊环，踉踉跄跄地下了车。

我连长椅都来不及找，一屁股坐到了月台的柱子下面。从列车中挣脱的安心感包裹了我，呼吸逐渐顺畅。

步履匆匆的人们大多头也不回地从我身旁走过，只有一位年轻的女孩问我："您还好吗？"重新找回呼吸的自由多少让我放下心来，我抬起脸，对她略微点了点头。

"要喝水吗？"

她从自己的托特包里拿出一瓶没开封的矿泉水。虽然想喝，但我轻轻摇了摇头。

"不用了,谢谢你。"

说完,我站了起来。我真的没事了,刚刚的一切就像未曾发生一般。

我甚至对那位女孩笑了笑,她放心地对我一点头,然后走远了。

她是天使吧,我想。那清纯的温柔令我感动得落了几滴泪。

那是一位二十岁左右的漂亮女孩,长直发,目光清亮。她一定还在读书。

我像她那么大的时候,会像她那样关心难受的路人吗?还会问对方要不要喝水。那时候的我连自己的事都顾不过来呢。

还要三十年,她才会到我如今的年纪。如此算来,大约只有苦笑。那孩子的母亲,说不定比我还小呢。

我都到这个岁数了啊。

只有身体早早地老去了,内心根本还未成长。

我做了个深呼吸,按了按胸口。心跳平稳,感觉也丝毫不坏。刚才那到底是怎么回事呢?

下一班列车还有三分钟左右到站,但我今天不敢再继续坐列车了。如果又像刚才那样来一次,可怎么办呢?

想到这里,心跳又突然快起来,我再次陷入焦虑。糟了,光是想到坐列车也会害怕。

还有一站地。我看了看手表,出站打了辆出租车。尽管要多花些钱,但也没有办法。出租车的话随时都可以停,我随时都能出去。这样想过后,那可怕的症状和恐惧就没再出现了。

我险些迟到,刚打开 Lilial 的卷帘门,老板来了。

"我说,你刚才是不是优雅地打着车过来的?你打的车好像是从我的车旁边超过去的。"

我尴尬地露出讨好的笑容:"抱歉,刚刚在列车上有点不舒服。"

"在列车上?怎么回事,你还好吗?"

我边做开店的准备工作,边将情况一五一十地讲给了老板听。她认真地听我说完,抓住我的胳膊说:"你得去医院看看。"

我笑了笑,答道:"去过了。但医生说,没什么大碍。"

"不应该去内科。我把自己去过的那家医院告诉你,你去那里看看。"

老板从手提包里拿出卡包,手指在卡包里寻找了一番,从里面拿出一张卡片递给我。

那是一张心理科的挂号券,医院名字的下方用圆珠笔写着她的名字。

"这个地方您之前常去吗?"

一不留神,我还是问出了这句话。我本以为,看上去永远自由奔放又快乐的老板与这类地方是无缘的。

"我也常有难受的时候,这很正常啦。这世道,任何一个想堂堂正正活着的人,都难免出点问题,没什么新鲜的。"

听了她直白的话,我暗自反省。因为她看上去好像很开心,好像做着自己喜欢的事,我就以为这个人是没有烦恼和苦闷的。我真是太缺乏同理心了。一个女人六十年的人生,怎么可能如此简单?我早该想到这些的,或许我还是太自私了,只关注自己。

不过,我现在的情况是应该去看心理医生的吗?在列车里突然喘不上气,难道是……

"难道我有心理问题?"

我怯生生地看着老板,她用手按着鬓角。

"我估计,是大脑的误操作,所以身体才会不舒服。"

"大脑?"

"大脑很笨的。"

老板皱着眉头,嗔怪地笑了,像在说自家人的坏话一样。

三天后,我去老板推荐的那家医院看心理医生。打电话预约的时候,接线员说两星期内的号都挂满了,但说到一半,突然有个人取消了预约,他便帮我挂了号。老板说我幸运得很,心理科的初诊大概是很难很快挂上号吧。我真切地感到,确实有很多人需要心理医生。

即便如此,去医院前的三天,上班对我来说仍很辛苦。我没那么多钱每天打车往返家和店里，只能早早出门，给自己留出空余的时间，万一再次发作，每站都可以下车休息。虽然没出什么大问题，但只要走到车站附近，我的身体就会不自觉地紧绷，总之是既忧郁，又疲惫。

医生诊断我患了恐慌症。

我听说过这种病。患者会突然出现剧烈的心悸、过度呼吸、出汗等身体症状，过一阵子，又会像什么也没发生似的稳定下来——这和我的症状吻合。可怕的是，随着上述情况的反复发生，患者还容易因为担心"该不会又要发作吧"而频繁发病。也就是老板说的，大脑产生误会，发出错误的指令。据说恐慌症容易在列车、电梯、电影院等场所发作。

医生开了不同的药给我：早晚各服一次的抗焦虑药物和恐慌症发作时的急救药物。并告诉我，服药可能会产生恶心、嗜睡的副作用。

终于得到了清晰的诊断，也有了治疗用药，我一方面安心了不少，另一方面，又觉得自己仿佛揣着一颗非同小可的炸弹。

患病的人为什么是我？为什么是现在患病？

焦灼和自责攀上我的身体，得赶快做些什么才行。

"大概多久可以治好？"

听了我的问题，上了些年纪的医生沉稳地回答："这不是立刻就能治好的病，得以年为单位，慢慢来。"

我大受刺激。以年为单位？

也就是说，我的病不会马上痊愈。今后我必须长期与这一缺陷共处。好不容易找到了一份能发挥自己专长的工作，想在各个方面多做努力，却在这时候患上了随时可能发作的疾病，我觉得自己简直被人生背叛了。

医生对垂着头的我说："不安的时候、恐慌发作的时候，最好先转移自己的注意力。可以和人说说话、嚼嚼口香糖、喝点水，或者听听音乐。"

听到这里，我恍然大悟。那个女孩和我说话的时候，我症状的迅速缓解，也许就是因为这个。而且，说不定她也曾为相同的症状所苦，或者正在为其所苦。

医生要我两星期后再来，我在前台预约后离开了医院。给老板打电话告知她看病的结果后，她的答复就像早已准备好了似的："总之，你先休息半个月吧。你不是攒了很多带薪假吗？就当是给自己放个小假吧。"

"半个月吗？但您一个人怎么顾店……"

"我这边怎么也能应付过去。药的副作用因人而异，但适应起来怎么也要十天，很不好受哟。"

她的语气紧张。

老板是个宽容善良的人，但在生意上要求非常严格。

症状发作时自不必说，假如我因为药物的副作用而状态不佳、无法正常工作,那我继续留在店里只会给客人和她添麻烦。这一定是她的真实想法。

虽然不想用带薪假,但若请病假工资就会减半,我不想这样。还剩一个星期,一月就过完了。我和老板约好在二月五日左右复工后,便进入了没有一丝喜悦的"假期"。

老板说得没错,药的副作用果然令人吃不消。我整日昏昏欲睡,经常看着看着电视就睡着了,也不想活动身体。虽然没吐过,但胸口一直闷得慌,全然没有食欲,往往只是嚼几口法棍面包,配些牛奶,把食物强塞进嘴里应付了事。

一直待在家虽然没有因坐列车而发作的风险,可一想到再这样下去自己可能会变成废人,我就意气消沉,眼泪流个不停。本是为了缓解焦虑而服药,但精神恍惚、什么也做不了的状态更让我焦虑。休假明明是为了疗养,情况却似乎越来越糟。

我蜷在被子里,清楚地感到自己手脚冰凉。活着是多么艰难啊——长久以来,我不知多少次产生过这样的念头。平时我只是被日常的忙乱冲昏了头脑,以至于放弃了思考而已,今后还是不得不面对更多麻烦的、痛苦的事的。我为什么要活着?还要活多久?

这么痛苦的话,干脆算了吧。不如像"啪"地合上书本一样,让一切结束的好。虽然想法已经如此极端,但只要呼吸稍微难受一些,我还是会忙着服下急救的药物。

太矛盾了。活着明明这么难受，我却如此怕死。

那个医生是不是说过，让我转移注意力来着？或许我应该找个人说说话。

我躺在床上，打开手机联络簿，滑动屏幕。一个个人名从眼前闪过，可我想不到哪个人适合我平白无故地去电问一句："最近好吗？"大家都太忙了。我不好意思拉着他们陪我闲谈、转移注意力。向对方说明自己的情况，让话题变得沉重也不是我的本意。

指尖一次次从手机屏幕上划过，我看到了他的名字。

我停下手指，凝视了那组文字几秒。

以前，每当我生病卧床时，他都会给我削苹果。只有在我生病的时候，他才会将苹果切成薄片，方便我吃。我将苹果吃完后，他便笑着说："吃了苹果，马上就会好哟。"

不过，这些都是过去的事了。总是想起这些美好的回忆，也于事无补。

我关闭程序，将手机放在枕边。

闭上眼，世界一片漆黑。如今，我的身旁真的空无一人。

从第五天起，起床后的感觉好多了。谈不上活力满满，但我的心情至少是平稳的。

看来身体已经习惯了药物，比我听说的要快一些。我用吸尘器打扫了房间、洗了衣服。尽管仍然没什么食欲，但应该能吃下一碗意大利面了。我煮了面，切好萝卜和金枪鱼罐头拌在一起。在上面浇上青紫苏的调味汁。

虽然只做了这一点小事，我却有了一种微妙的成就感，心情变得明朗起来：照这样下去，我说不定很快就能好。

吃完饭，我打开笔记本电脑。

我检查了 Lilial 的推特和照片墙。操作店铺账号的人是我，可这几天暂缓了更新。我回复了一部分消息，搜索有关 Lilial 的评价并转发客人的好评推文。我坐在电脑前面，感到身体逐渐找回了原有的节奏。接下来，我打开 Lilial 的网站页面，再次检查其中的内容。

之前我就觉得店铺的主页该更新了。

目前的主页上只贴了店铺的位置，放了几张店铺的外观和店内的照片，浏览页面的用户根本搞不清这家店是卖什么的。平时我每天忙于接待客人和各项杂务，顾不上维护主页，老板也说"就这样也没什么"。但主页不同于信息转瞬即逝的社交网站，这里是信息汇集的地方。我直觉改善主页可以得到更多的收益。店铺此前一直未涉足的网络贩售，也绝对是有必要开发的领域。

我顺手打开几个其他杂货店的主页，看着看着，画面卡住了。我皱起眉头。也许是路由器的状况不好，无线网络最近似乎总是不稳。

我起身去厨房烧水。一面拿出薄荷茶的盒子一面想：医生和老板都说得很夸张，但说不定我已经没事了。在发展成重症之前及时去了医院，身体也迅速适应了药物反应。虽然请了半个月的假，但还是尽早回去上班吧。

然而，我发消息给老板申请复工，却收到了中文风格的回复："驳回。为时尚早，不得掉以轻心。"我本以为她会开开心心地欢迎我回去上班呢，收到这条消息后，我很失望。好想赶快回去工作，我还得准备去英国出差的事呢。

晚上，有人打来了电话。

我以为是老板，拿起手机，却发现是他打来的。

我的心猛地一抽。拜托，别在这种时候吓我啊，心情好不容易才平稳下来。我捂着胸口接了电话："……喂。"

"啊，是我。你好。"

"你好。"

听到我简短的回应，他顿了顿，然后直奔主题："有件事想找你帮忙。"

又这么见外。虽说我们已经不是亲密关系了，但这话听着到底让人别扭。

"干吗这么客气？"

我也故意用了客气用语，随即听到他在电话那头忍俊不禁的笑声。

"是这样的，我有点急事，后天要去京都一趟，有几天不在家，能不能拜托你照顾一下我的猫?"

猫?

这是远超出我想象的托付。我立即回答:"不行啦,我住的地方不让养啊。"

我住的地方。这句话从我的嘴里说出来,又倒回我心里。

"嗯……可能的话,希望你到我这里来住。"

他那里。也就是他的住处。

我们都有各自的住处了——我再次清楚地认识到这一点,思索了片刻。

既然他不在,我在那边住几天也不坏。那边比这里宽敞,采光也好,泡澡时也更能伸开手脚。最重要的是,那里的无线网络永远畅通,正适合我在复工之前改改主页,收集一些有关英国杂货的资料。

虽然是第一次被托付照料猫咪,但那只猫对我似乎没有兴趣也没有好感,我们大概可以相安无事。

"……行吧。"

"太好了,谢谢你。我实在找不到其他能拜托的人了。"

"没什么,毕竟我们在一起住过嘛,这也是赶巧了。"

我假装没有听出他的话背后的深意,为了不让彼此产生奇怪的联想,淡淡地说。

他没有顺着话题说下去,而是如交代公事般简洁地告诉我,自己是一月三十一日去京都，二月三日傍晚回来。三十一日大概中午出门，希望我在当天早上过去。

"要是在上班前过来太辛苦的话，你三十日的晚上过来也行。或者我把备用钥匙给你送到 Lilial？"

听了他的提议，我握着手机的手紧了紧，尽可能平淡地回答："这段时间，我正好请了长期带薪假。老板说我工作太辛苦了，要我歇一歇。"

这话并非谎言，我巧妙地避开了私事。

我不想告诉他自己得了恐慌症，不想被他可怜，不想做这种有意试探他心意的事。

约好三十一日上午十点见面后，我挂断了电话。

打开手账，我翻到日程的页面，在一月三十一日到二月三日的地方画了一条长线，犹豫了一阵如何描述日程的内容，最后写下了"猫"。

二月二日。我的指尖轻轻点在之前画下的星标上。

一月三十一日早上，我拉着一只行李箱上了列车。

离车厢门最近的长椅一侧空着，我将行李箱放在身旁，单手压着它坐下，挎包放在腿上。有种短途旅游的感觉。不管怎么说，那个房子里已经连我的牙刷都没了。

分手时，我将衣服和书干净利落地收拾后都带走了，扔掉了所有他之前送我的东西：包、首饰、手表、其他小物件，一样不落。

车在第二站停时，上来了不少乘客。一个大个子的男人站在我面前，他旁边是一个身材高挑的女人。我旁边坐着一个学生模样的男孩。这下逃不掉了。

咦？我有些困惑。逃不掉了？我为什么会这样想？

一股奇妙的焦躁从心口泛上来，心跳开始加快——别这样，怎么回事？我应该已经没事了才对。今天早上也按时吃过药了。

我急忙从挎包里拿出化妆包，得赶紧吃急救的药。但我没有水，应该带一瓶的。我用唾液勉强将药服下，椭圆形的白色颗粒干巴巴地挂在喉咙口。我一下下地捶着胸口，列车摇晃，行李箱的脚轮开始打滑，我慌忙伸手去抓。

这下逃不掉了。被围在人墙之中，我又一次这样想。心跳开足了马力震遍全身，仿佛要将我带走。我闭上眼，对自己说：没关系，药已经吃了，很快就会见效。为了转移注意力，我逼着自己随便想些什么——究竟要想些什么呢？我睁开眼四下张望，看到美容院的吊环广告上有一张猫的照片。对，猫。从今天开始，我要和那只看上去很傲娇的白猫一起生活四天。说起来，我还没问过它的名字呢，也不知道它的性别。

几分钟后，列车停止，我对面的座位空了。刚才那个大个子男人转身坐到了那个空位上。列车开动，药似乎慢慢地从喉咙口落到了胃里。

视线开阔后，呼吸变得畅快，心悸也逐渐平复了。我抬头看向照片里的猫，心说：谢谢你，救了我。

"为时尚早，不得掉以轻心。"想起老板发来的信息，我用手背擦了擦额头上的汗。

那是一只母猫，没有特意取过名字。"我给它起名字太冒昧了"——这句莫名其妙的话便是猫没有名字的原因。听说兽医推测它今年九岁。

他告诉了我猫饭（他不用"猫粮"一词）的种类和食用间隔，猫砂的清理办法以及几点注意事项，递给我一张详细记录着这些内容的纸。这期间，猫舒舒服服地躺在沙发上，仿佛一切都与自己无关。

"啊，还有——"

他把我带到卧室，打开衣橱，小号的衣物收纳盒里有几样玩具。

"它最近喜欢玩这个。我把它的玩具都放在这里了，要玩的时候就从这里拿。"

细棍的一头垂下了一条线，上面绑着三片蓝色的羽毛。是逗猫棒。

"使用这东西有技巧的,先晃着给它看看,再这样,一跳一跳地……"

他把羽毛轻轻拖在地上,像鸟在地上走路似的。

"然后,猛地一拉!"

羽毛轻盈地飞到半空。原来如此,这是在模仿鸟飞起来的样子。他把逗猫棒收进盒子,像藏起秘密武器一样,对我坏笑了一下。

"会了吗?"

"会了,我先记下来。"

虽然不知道它会不会想和我玩。

我回到起居室,猫没在沙发上,而是蜷在地上的猫窝里。也不知它对目前的状况有多少了解——最爱的人要有几天不在家,一个陌生的女人将住在这里。

"好了,我去去就回。"

他粗鲁地揉了揉猫的脑袋,猫闭着眼,一动不动。

"这位小姐姐其实人很好哟。"

他的手从猫身上移开,指着我说完便走出了起居室。"其实"是什么意思?

"拜托啦——"他的声音从门口传来,我想了下是否要去门口送他,最后还是决定算了。做得像新婚夫妇似的,好像不太对劲。他不过是找个人帮忙养几天猫,我也不过是借他这里办公几天。于是，我只是冷淡地答了句"好"，便在沙发上坐下了。

门关上的瞬间，我说了句"一路顺风"，不知他听没听到，反正也无所谓。

好宽敞的桌子。

明明是之前用了很多次的餐桌，再次坐于桌前我却有些感动。

我现在住的单间只在窗边放了一张折叠式的矮桌，吃饭、写东西基本都在那张桌上解决。比起直接坐在地板上，坐在椅子上用餐食欲似乎会更好。

我打开笔记本电脑，摊开资料和书本，集中精力工作。搜索网页的制作方法、琢磨自己一个人能做到什么程度、查阅网络贩售的功能如何开通……

做一份企划书吧，这样可以给老板解释得清楚明白。打开办公软件，敲下文字的时候，我忽然看了一眼表。

猫该吃饭了。他告诉过我，猫一天吃两次，早上的那份已经喂完了。

猫正在地板上整理自己的毛发。说起来，我不知道猫这种动物竟然这么能睡。白天它几乎都在睡觉，偶尔醒过来一会儿，也是不停地舔着身体。

到了傍晚，猫开始在屋里转悠，似乎没有因为他不在而觉得寂寞，也没有刻意疏远我的意思。但只要我一靠近，它便会立刻做出防御的姿势。我都打算为它准备晚饭了，它也不必对我如此戒备吧。

"有什么好怕的？你只是不认识我吧？"

我觉得有意思，下意识把话说了出来。我刚从猫身旁走开，它立刻又满不在乎地重新梳起毛来。

不过，我也不是不能理解。未知的确是很可怕的。

好多事只要不知道，就不会害怕。我一面在猫的食盆里放入猫粮，一面这样想。

"吃晚饭喽。"

我将食盆放在他说过的地方，沙发旁边的一角空间似乎是它的"餐桌"。

猫等我离开很久后，才跑到食盆前面，"嘎嘣嘎嘣"地嚼起猫粮来。

我也得吃点东西。午饭时间不知不觉就过去了，我还什么都没吃呢。我站在厨房里，打开冰箱。尽管他说菜可以随便吃，我还是有些介意。

没见过的调味汁、空了半瓶的果酱。这台冰箱已经是他一个人的了。

关上冰箱门，我决定先洗个澡。一会儿点个外卖当作今天的晚饭吧。

走向洗脸台和浴室,我隐约有一种空虚感,因为我以前用的"那一半"不见了。他的牙膏、他的洗发水、他的剃须刀。这里的东西,全是他一个人的。

屋子里没有女人出入的气息。也可能是被他清理掉了,但我不觉得他会主动做这种事,他也没有这样做的必要。真要有那么一个人,他也不必拜托我来照看猫了。

啊,不过,他也可能在京都有恋人。

我泡在浴缸里,呆呆地望着透明的水沫"咕嘟"一声浮上水面。

我们是为什么分手的来着?

分手以前,我也大喊过好几次"过不下去了"之类的话,但每次两个人都能再次开着玩笑,恢复嘻嘻哈哈的关系,回到日常生活中去。只有那次不同。

分手时我觉得,即便继续和他生活下去,我也不会再动心,不会再期待什么新的变化了。

我们双方似乎都一直在探索着适合自己的道路,但总是无法落到实处,渐渐地自己也糊涂了,变得不知道自己到底在找什么,沉闷的气氛一直持续着。

为什么要和他一起生活?思考这个问题的时候,我得出的结论一定是:我只是不愿意一个人。因惰性而将关系延续下去,这让我毛骨悚然。这和我在 Lilial 的工作步入正轨、有些沾沾自喜也不无关系。借着一次小小的争吵,我说:"在一起这么久,我们的生活不还是毫无进展吗?今后的人生,我想一个人好好地过。"

他没有挽留我,只是笑了笑,痛快地点了头。

"既然你想这样,那就没办法了,我支持你。"他说。

听到这句话的瞬间,一股意想不到的失落笼罩了我。说实话,我矛盾极了,也许我还期待着他来挽回,但这不过是我被惯坏了的任性罢了。在他心里,我们之间大概也已经完了。

这之后的一切似乎都顺理成章。我没多考虑便租下了目前的单间公寓,逃离了这个家。

我的父母很久以前见过他一次,听说了我们分手的消息,念叨了很久:"之前我们觉得,你要是能和阿苍一起生活也就算了,所以一直默认你们的关系。茜,你都五十了,现在还单身,是想怎样呢?"

不想怎样,我只想做我自己。正因为都五十了,我才想一身轻松地活出自己的人生。

可是……

洗澡水猛地从浴缸里溢了出去,浴室里响起哗啦啦的回声。

第二天是二月一日。

我给猫备好早饭,把食盆放到沙发旁边的地上,它一路小跑了过来。

我还蹲在一旁，它的脸已经扎进了食盆。大概我这个"喂饭官"已经得到了它的信赖。

我到附近的超市买了些东西，街景和超市大致还是老样子，却也有了些许变化。短短一年间，新的建筑拔地而起，店里的布局也有了改换。时光飞逝啊——我的心情微妙。

我回到公寓打开门，猫待在门口，吓了我一跳。它正抬头望着我。

大概是错把我的脚步声听成了他的吧。我说了句"我回来了"，猫沉默着，在原地舔起前爪来。不知道它在想些什么。

屋子里有一些粪便的味道，我这才想起需要给猫铲屎。于是我先将买来的食材收好，重新读了一遍他留下的说明。

我已经很久没为谁付出过了。接待客人当然需要尽心尽力，但工作和生活还是有区别的。这种劳动一点也不让人感到痛苦⋯⋯非但如此，当小铲子插入猫砂的时候，我的内心还有一种莫名的满足感。虽然拿不到一分钱，猫也不可能对我道谢，可我也根本不介意这些。

他好像说过，兽医推测它有九岁了来着。打扫完毕，洗完手，我用手机简单地搜索了几个关键词：猫、九岁、人类年龄。

"五十二岁？"

看到屏幕上显示的数字，我笑出了声。什么嘛，几乎和我一样大。

我看了看猫，它不知什么时候跳上了沙发，正在呼呼大睡。

这幅宁静的画面令我放松了不少。哪怕和自己无关，也可以因为看到别人安心的模样而感到安心。这只猫至少不再把我看作敌人了。

我到厨房做了煎蛋，用烤面包机烤了切片面包，煮了西蓝花，和小西红柿配在一起。我一边看上午的电视节目，一边慢悠悠地吃这些东西、喝热奶茶。

轻快的广告音乐响起，猫突然睁开眼，抬起头，一动不动地望向电视屏幕。它喜欢听这首歌吗？接着，它悄无声息地在起居室里漫步，来到我坐的椅子旁边，用肚子侧面用力地蹭我的小腿。

"嗯，你干吗？"

一切发生得太突然，我不知所措，犹豫着轻轻摸了摸它的后背。

我看见猫耳后的伤痕，那痕迹已经彻底印在了它身上，成了它的一部分。

这是几年前受的伤？当时它疼不疼？害不害怕？

活到这把年纪，它一定也经历了许多吧。

随着我的抚摸，猫在我的脚边绕来绕去，尾巴慢慢地一晃一晃，然后它忽然又毫无预警地走远了。真是的，它怎么这样反复无常？

我将碗盘叠起来拿到厨房,吃了饭后的抗焦虑药。这药还要吃多久?什么时候,医生才会认为我康复了呢?这种病不像外伤一样可以看见,也没有数据可供参考。

"喵——"屋子的某个地方传来一声猫叫。这只猫不太爱叫,这是我来之后第一次听到它叫。原来它的叫声是这样的——我正这样想着,它又"喵"了一声。

"难道是在叫我?"

我自言自语着朝声音的方向走去,猫在卧室,坐在衣橱前面,紧盯着我,一副有话要说的样子。

莫非——

我打开衣橱,猫抬头望向衣物收纳盒。果然如此。它知道这里放着它最爱的玩具。

我打开盒盖,拿出带蓝色羽毛的逗猫棒,它便开始心神不定地转圈。这时候,我终于意识到自己之前会错了意:原来他之前说的"要玩",指的是猫,而不是我。

在这个家里,一切都以猫的自由意志为先。它想睡便睡,想吃便吃,想玩便玩。

我照他讲的那样,拖着羽毛在地上走了几步,在猫要用前爪去抓羽毛的瞬间"啪"地把逗猫棒拽到半空中。猫激动地扑上来,眼睛瞪得溜圆。原来平时表情那样冷淡的猫,心中也有强烈的狩猎本能。我像魔法师似的挥舞着棒子,上下左右地逗弄追逐蓝色羽毛的猫。

我可不会让你这么轻松就抓到它,不会轻易把它交给你呢。

然而,不知道是猫的战斗力不容小觑,还是我的体力太差,玩到一半我就疲惫地把逗猫棒还给了它。看来我是个落魄的魔法师。

猫用前爪夹着羽毛啃了一会儿,好像没多久就腻了,将逗猫棒丢到地上,开始梳毛。又过了一会儿,猫似乎连毛也梳腻了,慢悠悠地走到沙发旁,转眼间就睡着了。

它明明好不容易才得到了那只蓝色的小鸟。

临到傍晚,我终于做好了企划书。

应该可以借用一下他的打印机吧?如果还是从前的那台机器,大概插优盘就可以直接印刷。

我看了看他平时工作的西式房间——是卧室之外的另一间屋子。

在他以自由职业的形式接设计项目之前,这间屋子基本是我们两人一起用的。我有时候也会在桌前办公或学习,书架大体也是两人共用。

后来,这间屋子渐渐成了他专用的房间,我也确实觉得自己慢慢被逼到了起居室和厨房里。

打印机还是从前那一台。接上电源,插入优盘,我打印了七页企划书,又将打好的文件确认了一遍,随后无所事事地看着书架。

分手后,我将自己的书都收进了纸箱,书架当时应该空出了一大半。而现在的书架上塞满了书。

设计软件的教程、画集、影集、烹饪类图书、装修杂志、小说、漫画、图鉴、绘本、词典、色谱……

各种类型的书挤在一起,我几乎怀疑他是为了不给书架留出多余的空间,才故意把它们都堆在上面的。

我的目光忽然停到一整排漫画书上,那是他以前就喜欢的系列,已经收集了很久。

《神社商店街加冰》,作者是高岛剑。

高岛剑去年获了八塚勉梦文化奖的漫画大赏。该奖项冠以漫画之神八塚勉梦这一巨匠之名,只颁给每年最受读者喜爱的作品。听说《神社商店街加冰》本就是高岛剑的代表作,前年改编为电影后大受好评,作者因此人气大增。这部多年前就开始创作的作品是第一次获漫画大赏,现在好像仍然在连载。

我将企划书放在打印机上,拿起一册漫画。

翻开书本的瞬间,一张纸从里面飘然落下。这是什么?

我捡起来一看,是一张对折了两次的杂志彩页。

展开页面,一股怀念涌上心头。啊,这篇报道我也读过。那是停刊已久的男性商务杂志 *DAP* 中的一篇对谈,我记得他当时读得很开心，说这篇文章写得很好。没想到他把它夹在这里了。

页面上印着一张在光线暗淡的咖啡厅里拍的彩色照片。高岛剑和其徒弟砂川凌在一张圆桌前斜着对坐，两人中间的墙上挂着一幅肖像画。

画中是一个穿着红衣服的长发女孩。这幅水彩画仅用红色和蓝色的颜料画成，装裱在雅致的画框中。

照片下面有一行文字说明：在杰克·杰克逊的画作《草图》前。

杰克·杰克逊是一位喜欢日本的澳大利亚画家，他在自己的国家和日本开过好几次个人展览。

DAP 的报道登载时知道他的人还不多，但如今他已是常在电视和杂志中露脸的人气画家了。最近他在采访中提到自己已经五十岁了。*DAP* 这篇报道下方的发刊时间恰好是十年前，也就是说，从有这篇报道到现在，已经过去了十年。

我凝视着那个穿红衣服的女孩。她的胸口别着一枚翠鸟胸针，湿润的眼瞳中盈满不舍，却又带着些娇憨。

我将这张纸叠好，重新夹回漫画书里。

画真神奇，肖像画中的女孩仍是当年的模样，永远不会改变。

二月二日。

天亮了，我拉开窗帘，眺望窗外的景色。

天空澄澈而晴朗，一望无际。

给猫喂过早饭，我自己也来了一份吐司夹火腿，饭后吃了药，我穿上一件红色的针织衫，化了淡妆出门。

我在单肩包里装了一瓶水，除了手帕、手账和钱包，还带了急救药、口香糖、MP3 播放器、文库本和装在文件夹里的企划书。

我没跟老板打招呼，打算直接去一趟 Lilial。

成功上了列车。同站与站之间间隔较长的急行列车相比，每站都停的列车大概更适合我。我边听音乐，边在脑海中过着歌词。万一恐慌症发作，也有水能把药送服下去。有所准备的安心感像护身符一般，保佑我成功地平安坐到了离 Lilial 最近的那一站。"越过困难"——用这个词来形容这段旅程再适合不过。走到月台上，我轻轻笑了笑。

来到 Lilial，推开门，收银台里站着一个陌生的女人。

"欢迎光临。"

她温柔的笑容令我疑惑。这女人大概三十岁，褐色的头发烫得蓬蓬的，格子罩衫显得她乖巧可爱，整个人的气场和这家店十分契合。

心脏仿佛被什么东西蹭了一下，我不由得愣在了原地。

就在这时，老板从办公室里走了出来。

我松了口气，朝她点了点头。她"哎呀"地低喊了一声，朝我走来。

"没打招呼就过来,不好意思。有时间的话,我想和您聊聊。"

老板听我这样说,轻轻点了点头。

她回到办公室,拿出一只手包,对吧台的女人介绍了我。那女人之前也许听说过我,歪着头应和着:"是这样啊。"

老板拍了下她的肩膀,说:"这孩子啊,是我侄女。结婚后辞了工作,说在家待得太无聊了,我就让她过来帮忙。"

这么说来,这些天都是她在替我干活,得道个谢才是。

"对不起,很感谢你。"

"没什么,我也干得很开心。"

老板推了推我的后背,像是不让我再说下去,然后对着她的侄女说:"我们出去喝杯茶就回来。"

我和老板面对面坐在 Lilial 附近的咖啡厅里。

不等咖啡端上来,我就拿出了文件夹。Lilial 主页的更新、网络贩售的方案——我把企划书放在老板眼前,流利地做着说明。

"嗯,嗯。"老板不停地点头应和,店员在中途端来了咖啡,她安静地喝了两口。在我说话期间,她的表情一成不变,也没有插空提问。

反应冷淡。我使出浑身解数讲解自己的企划案。

我的脑海中浮现出老板侄女的面孔。那孩子更适合在 Lilial 工作,比起我这个麻烦的病秧子,老板一定也更愿意让幸福到无事可做并且身体健康的亲戚来给自己帮忙。

弄不好我会被开除。她把我叫到外面来谈事情，或许就是因为这个。

我讲完企划案，终于把手伸向了咖啡杯。老板将企划书重读了一遍，抬起头来，说："这份企划书很不错嘛，你做了很多功课吧？"

"是的！"

太好了，总算得到了夸奖。我长出了一口气，紧绷的身体终于放松了下来。

老板慢慢地说："其实啊，我呢，一直有一个想法。看到这份企划书，我更确定了自己想得没错。"

她啜了一口咖啡，郑重地望着我："带薪休假结束之后，你也不用来了。"

"……啊？"

"请你好好休息，调整好自己。不然就算有了一小段假期，你还是会像这样拼命工作。"

这也就是……事实上的解雇？我的大脑一片空白。老板是在劝我主动离职吗？

不，我绝对不要。我摇着头，探出身子道："请让我回店里工作。我没有大碍，会按时吃药、想合适的办法……我可以干下去的。"

"即使精神振奋，身体到底还是吃不消的，你最好不要强撑。"

"可是——那去英国采购的事呢？"

"你现在连坐列车都这么勉强,飞机可是不会中途停下来的呀。"

老板加重了语气,目光锐利地望向我。

她这样说也不是没有道理。Lilial 属于个体经营,没有盈余雇用指望不上的员工。再这样下去,我就会被抛下。

我咬住下嘴唇,攥紧颤抖的双拳。

我都这样努力了,到底是哪里不行?一切怎么会变成这样呢?

"现在我能对你说的最重要的就是——"

老板将手放在我的手上。

"活下去。"

我猛地抬起头。

老板宽厚地笑着。

"总之,先活下去,这就足够了。只要活下去,无论是英国还是法国,迟早都能去。你可以做许多事,和 Lilial 有关或无关的都好,但不是现在做。时机到了,很多事自然会发生变化。无论是你还是我,甚或是这个世界,都不可能一成不变。"

她的手用了力,像握着我的手似的。

"我会等你的,我愿意为你商人的能力买单。所以,等你的身体恢复,得到医生的允许后,再和我一起工作吧——用到时候最适合我们的方式。"

啊，我长舒了一口气。

原来……我没有被抛弃。原来老板竟如此信任我。

难以维持往常状态的时候，若还硬要继续向下推进，也许很多事都会崩毁。

为了长远的今后，现在必须停下。我应当感激老板在经营上的考虑和为人处世的责任感。

老板轻轻撑着下巴，眼睛仿佛望着远方。

"不是常有人说，人生只有一次，要活得尽兴吗？我觉得那样蛮可怕的。要是总想着只有一次，那还怎么尽兴呢？"

我瞪大了双眼，有些意外。

"我一直觉得，您是一个尽兴生活的人呢。"

老板听了我的话，笑得像少女般开心。

"我当然是在尽兴生活啦，但我啊，还觉得人生是有很多次的，无论从哪里、以怎样的方式，都可以重新开始。我更喜欢这样去想。"

我点头，这种想法很符合她的风格。

老板的双臂交叉放在胸前，像在拥抱自己一般。

"只是，虽然人生可以有很多次，体验人生的身体却只有这一具啊。所以得想方设法让自己活得长久一些。"

我忽然想坦白了，坦白那件本以为不会对任何人说的事。

"老板，我……"

"嗯？"

"好像停了。"

二月二日。

那是我去年最后一次来月经的日子。我的最后一次月经至今已经整整一年了，这是闭经的证据。

我之前就感到生理期的间隔在慢慢拉长，逐渐没了规律。三月、四月、五月……月经迟迟不来。于是我在日程页的二月二日那天画下了一个星标。今天就是二月二日。

确定了。我再也见不到从身体里自然落下的红色血液了。

老板立刻就听懂了我的话，用力比了一个胜利的手势。

"辛苦了！"

我忍俊不禁。

辛苦了。所有的恐惧和惋惜，都慢慢归于平静。

二月二日前的倒计时结束了。我一直以为会迎来某个终结，但并非如此。今后，我仍然要孑然一身地面对许许多多。

长久以来，真是辛苦了。无论是我的心，还是身体。

我将手轻轻按在肚子上。从今往后，我的身体会和自己的灵魂一起做些什么呢？在不知第几次重来的，新的人生里。

"啊呀，猫毛？"

老板看着我的胳膊说。我吃惊地顺着她的目光望去，看到一根白色的猫毛粘在红色的针织衫上。老板的眼光果然毒辣。

"开始养猫了?你租的公寓可以养宠物吗?"

"不,这是,那个……"

望着慌忙把毛摘下来的我,老板露出一个大大的笑容:"要好好珍惜啊——陪伴你的温暖的小生命。"

和老板道别后,我向车站走去。

快走到人行横道时,绿灯开始闪烁。

本想跑过路口的我,停下了脚步。

我凝望着闪烁的绿光。想来,我总是在奔跑。明知道这种时候就算匆忙过了路口,也不会有什么大的不同。

我觉得等待是一种时间上的浪费,于是不愿停留。

不仅是过路口,我平时也总是急匆匆的。

快点,快点快点快点。

我到底在急什么呢?这或许是不知不觉间形成的一种强迫观念罢了。

让会错意的大脑放松下来或许还需要一段时间,但至少从现在开始……

我希望自己成为能随时停下来,给某个人递上一瓶水的人。

信号灯变红了。

对着那抹美丽的红,我用力地、慢慢地做了个深呼吸。

二月三日。

吃过午饭,我在沙发上读书读到困倦,猫也在靠垫上睡着了。我躺下来昏昏欲睡的时候,房门开了。

是他回来了。说好傍晚才回来的,看样子是提前了。

我撑起半个身子,猫已经跑到了大门口。我感到一阵颓丧,又躺下了。

"我回来啦——你有乖乖的吗?好乖好乖,我也想你呀!"

门边传来他开心的声音。不难想象,他一定在摸遍猫的全身。

我不好意思对他说"你回来了",于是决定装睡。他走到起居室,"啊"了一声。虽然闭着眼,我还是能感受到他靠近了沙发。

他轻轻碰了碰我的刘海。

我躺着不动,接下来,他摸了我的头,就像摸一只小猫。

然后,他很快松开手,把脚边的毛毯给我盖上了,最后离开了起居室。太好了,幸亏他没有一直待在这里。

忍耐已经到了极限,我哭了,眼泪大颗大颗地落下。

心情彻底放松下来,我就这样真的睡了过去。

我傍晚醒来时,他正在矮桌前看电视。

照顾到在睡觉的我,他关了灯,正戴着耳机看新闻节目。我起身打开了起居室的灯。

他猛地看向我,摘下耳机。然后拎起生八桥①的点心盒。

"谢谢,欢迎回来。"

趁着忙乱,我敷衍地说出这句话。

矮桌上还有点心袋和红鬼面具。我没有问,但他还是注意到了我的目光,主动解释道:"在超市买豆子的时候送的。"

说起来,今天是节分②。他打开点心袋,里面有好几只独立的小口袋,每袋里都有几粒豆子。把小袋的豆子拿掉后,吃里面的点心就好。

小口袋上印着"立春大吉"几个字,干瘪的豆子预示着春天的到来。

"我本想大家一起热热闹闹地扔豆子来着,但想到豆子直接掉在地板上可能会被猫捡去吃,就买了这个。我查了,节分的豆子好像不太适合让猫吃。"

"大家是指谁?"

---

① 生八桥:京都特产,和果子的一种。

② 节分:在日本指立春、立夏、立秋、立冬的前一天。如今多指立春的前一天。民间会在这一天举行驱逐恶灵的仪式,主要为扔豆子。将豆子扔在红鬼身上,寓意驱除内心的邪念;将豆子扔在蓝鬼身上,寓意获得幸福。之后吃下数目比自己的年龄多一粒的豆子,寓意一整年福星高照。

"当然是这三位。"

他用右手拿着鬼面,左手绕着我、猫和他自己,画了个圈。

那只硬纸板做的面具两边开了孔,可以穿过橡皮筋,戴在耳朵上。

我起身去厨房,从墙上的挂钩上拿来两根橡皮筋递给他,他灵巧地把橡皮筋穿过孔洞,做好了面具。

"给。"

"咦?"

他笑嘻嘻地把面具递给我。

"为什么我要扮鬼啊?"

我边说着边将面具上的橡皮筋挂到耳朵上。他笑着说:"一时兴起嘛!"

面具的眼睛部分被挖出了圆形小孔,戴上之后视野就会变得狭窄。我的眼前仿佛架了望远镜,只看得到他的身影,他正望着变成红鬼的我。

"很合适。"他一本正经地说。

我气得摘下了面具扔给他。

他一边笑,一边接过面具,说:"还有蓝鬼吧?不过,我总觉得蓝鬼好像不是很可怕。"

"是吗?"

"嗯,可能是受到《哭泣的红鬼》的影响。"

《哭泣的红鬼》是日本的童话故事：红鬼想和村民成为朋友，蓝鬼为了帮助它故意扮作恶人，最后却突然从红鬼的身边离开了，只留下一张道别的字条。

"……我不喜欢那个故事。"

自我牺牲、献身、友情或许是那个故事的主题。人们将其视为佳话，一定有它的道理。

但我只觉得蓝鬼太狡猾了，怎么能突然就那样离开了呢？

"蓝鬼留给红鬼的字条，写的大概是'我是为你着想才离开的'之类的话吧？但如果我是红鬼，肯定觉得蓝鬼是在说谎，它实际上是因为讨厌我而离开的。蓝鬼其实只是想独处吧？说不定一直在寻找这个机会呢。"

当然，红鬼也很愚蠢。它错就错在习惯了蓝鬼的宠爱，以为自己无论做什么都会被原谅，天真地认为蓝鬼是永远不会离开的。

他拿着面具，疑惑地说："是吗？我觉得相信蓝鬼的留言就够了，它应该是真心喜欢红鬼的，所以才希望红鬼和自己分开，得到自由——如果这样做能让红鬼得到幸福的话。"

一段诡异的静默出现了。

猫从容不迫地舔着自己的身体。沉默似乎愈加令人难耐。

"我不懂。突然就消失不见，太卑鄙了！"

我将一袋豆子向他掷去。

"消失不见的人不是你吗?"他也向我投来豆子,"我哪里都没去啊,一直在这里。"

他的目光直直地望向我,坦诚得可怕。

我偏开头。

"我说的是《哭泣的红鬼》里,蓝鬼的故事。"

他没有回答,沉默了一会儿,好像想到什么似的将面具绑到衣架上,挂到墙上。

滑稽的鬼面冲着我们咧开嘴,仿佛在嘲笑我们。

"好生气啊。"

我把装着豆子的小口袋向红鬼扔去。

他在我身旁,也模仿着我的动作。

小口袋全掷完后,我们又捡起掉在地上的口袋重新掷,如此往复。

鬼怪退散,鬼怪退散。

出去,出去,出去。

我心里的鬼——脆弱而消极,疑心重重、虚张声势的鬼。

猫兴奋起来,朝装豆子的小口袋飞扑过去。

我们一起热热闹闹地扔了豆子,扔得满头大汗。

过了一会儿,他一屁股坐到地上,笑出了声:"好像痛快了不少,还蛮有效果的。"

的确,痛快了不少。

猫玩弄着掉在地上的小口袋，我走到厨房，沏了两人份的绿茶，将茶端在托盘上走进起居室时，他正在拆矮桌上生八桥的点心盒。

喝茶的时候，他打开了一只装豆子的小口袋。

"比年龄多一个数对吧？竟然要吃这么多了，真是够呛啊。岁数越大，越是没法一口吃下这么多豆子了啊。"

他和我一样大，五十一加一，要吃五十二粒豆子。

"听说把豆子放到茶里喝了也行，那茶就成了福茶。"

"啊……"我说完，他感兴趣地笑了。

近距离地看着他的脸，我忽然想起一件事。

"对了，以前你一直介意刮完胡子后下巴上青色的印记，现在好像不这样了哟。"

他摸了摸脸，答道："人跟人不一样，有的人到了三四十岁胡子会变密。但五十岁后，体毛却会渐渐稀疏，也会开始有白胡子，我就不那么在意了。"

不会再流的红色经血。

不会再长的青色胡楂。

也许我们终将像这样，渐渐褪去颜色吧。我望着浅褐色的炒豆子发呆。

他咯吱咯吱地嚼着豆子，忽然说："好吃，这豆子我还蛮喜欢的。颜色也蛮高雅、蛮漂亮。"

嗯？我抬起头。

"漂亮？"

"很漂亮啊。这颜色低调而不张扬，很自我。"

原来他是这样想的。我抓过几粒豆子，先前我只觉得那暗沉的黄色俗气，现在再看，它确实比我想象中更明亮，有一种无所畏惧的踏实感。

猫不知什么时候凑了过来，跳到了他的膝头，然后伸长了身体。

它白得像图画纸似的。

看着它，我恍然大悟。我们不是会褪色，不是会活在没有颜色的世界里，而是在用自己不同时期的颜色描绘人生。

"我……"

他突然打破了沉默。

"我想开一家画廊。有个在京都开画廊的朋友办了个经营讲座，这几天，我听他讲了不少东西。"

我吃惊地瞪大眼睛。

"你要买画、卖画？"

"嗯，是啊。"

"今后你打算干这个了？"

"嗯。"

他点头微笑，神情中没有一丝犹豫。

"我想，现在的自己终于可以做真正想做的事了。"

他做了个深呼吸，静静地凝视着我。

"要不要重新和我在这里一起生活？"

这句话平平无奇，不强不弱，不冷不热。

"我啊……"

话语倾泻而出。

"最近在看心理科。"

他并不吃惊。

"是吗？"

"是的。我在列车里喘不上来气，害怕又不安，最近正在吃药。"

"那是挺辛苦的。"他稳重地点头，继续说道，"不过，这种情况很普遍，在任何人身上都可能出现，就像去看内科和眼科一样，只能说明自己最近的身体状态不太好罢了。"

他的说法几乎和老板一模一样，我很吃惊，原来这的确是一件很平常的事。而在身体健康的时候，我对这类事情一无所知。他是什么时候知道的，又是怎么知道的呢？

"可是，我在离开的时候说自己想一个人过，生了病又跑回来，这样未免太任性了。"

回过神来时，我已经哭了。

我们以前一直在一起，去了许多地方，看过许多风景。

我们一起玩，一起工作，一起生活。

不用质疑，我们一起度过的日子，早已说明了一切。

"我……我没有自信，却还那么虚荣；已经不年轻了，却永远不成熟。"

他笑了，好像忽然听到了什么有趣的事似的，说："真巧啊，我也一样。"

无法用语言表达的思念混着泪水流下来。

我竟以为和他在一起不会再心动了，生活也不会再有任何起色了。

原来什么都不懂的人是我。

他给我的陪伴，明明是比什么都深的爱啊。

"你只要坦然面对就好。"

他说着，用指腹轻轻拭去我的泪水。

"我知道阿玲的生命力有多高洁。"

他用手捧着我的脸。

我闭上眼，像承诺不会再离开似的，把自己的手叠在他的手上。

叠在我最喜欢的、阿布四四方方的大拇指上。

尾声

赤と青とエスキース

尾声

"'苍'这个汉字好像有'blue(蓝)'的意思。
"所以我的名字是 Blue。I'm Blue(我是阿布)。"
这是我们初次见面时,他对我说的话。

当年二十岁的我,在墨尔本的市区打着几份工,坚持画画。那时候主要画的是水彩。

其中的一份工作在画材店,小小的店铺在一栋旧商住楼的一层,各式画材应有尽有。

一次,我向店主申请把自己的画挂在店里做装饰。我说,如果我在一旁向客人演示画材的使用方法,或许能售出更多的商品。

"好呀,试试看吧。"店主答应下来。我的画虽然没能在那家店卖出去，但至少让更多的人看到了。在这一点上，我还是很感激店主的。

那时的我实在太穷了。没钱买画框，也不能借店里销售的商品装裱，我便从仓库里捡了一个落满尘埃的画框来用。

挂在店里的头一号作品，是雅拉河的风景画。我画了在河畔休憩的人群，鳞次栉比的高楼大厦，晴朗的天空。

阿布饶有兴致地在这幅画面前停下了脚步。

那时的他还是在设计类院校就读的学生，不时会来店里逛逛，大概也对我有印象。他看了那幅画一会儿，指着天空的部分，喃喃自语般地说："有故事感的蓝。"

杰克·杰克逊。阿布看过贴在画下方的名牌，记住了我的名字，也主动做了自我介绍——他将"苍"这个汉字写在纸上，讲给我听。

"不过日本人说'blue'的时候，发音是'buruu'对吧？"

他说，日本人总是把他念 Blue 的发音听成 "Boo"。

于是就有了 "I'm Boo"。

不过，他似乎觉得这个昵称蛮有趣的，非常喜欢，以至于故意以 "Boo" 自称，也喜欢我叫他"阿布"。

那之后，阿布和我迅速变得熟悉、亲密。

他的父母是画商，恐怕他是在能接触到美术的环境下长大的。阿布似乎也画过画，但他说，还是鉴赏画作并从中有所收获更合乎他的性格。

一天,阿布去参加一场烧烤派对,散场后飘飘然地来到画材店对我说:"我遇到一个很棒的日本女孩。

"你听我说,杰克。她叫茜,'茜'就是'red(红)'的意思。"
red 和 blue。红和蓝。

"这一定是命运的安排!"阿布陶醉地说。

这段感情虽说是一见钟情,但阿布依然是被动的一方,一味地等待对方的联系。明明已经问到了她留学的大学校名,他只要跟办烧烤派对的人打听一下,就肯定能找到对方。

"我害怕。"阿布说,"我怕自己先沦陷,却对对方的一切一无所知。如果她愿意跳进我内心的海洋,我会稳稳地托住她。我只能用这种方式和她交往。"

阿布说这话时神情苦涩,仿佛已经没有了退路,连在他身旁的我都替他揪心。

两星期后,女孩主动打来电话时,阿布别提有多高兴了。

而且她约阿布去的第一个地方是维多利亚国家美术馆,那几乎是阿布最熟悉的地方。

听说他开心到口无遮拦,趁势问了她一句:"茜就是 red 吧?"没想到她疑惑地反问:"阿玲?"

日本人把"red"读成"reddo",可这里也发生了乌龙事件,阿布口中的 red 好像被她听成了"Rei(阿玲)"。

阿布却为这个美丽的误会感动不已。

"我觉得,阿玲这个名字,比茜更适合她。"他说。

对茜来说,阿玲这个名字听起来大概也很舒服吧?不过,说不定一开始她认为这只是自己在墨尔本的专有昵称。

"我们的交往是带期限的,分别之日定在阿玲回日本那天。"阿布告诉我。

"所以我们都很珍惜眼下的时光,这样就足够啦。"

阿布总是笑着,开心地笑着。

但随着分别日期的临近,我在他的笑容中看到了阴霾。连我这个旁观者也看得清清楚楚:他不甘心就此结束。

"杰克,能不能帮我画一幅画?"

新年刚过,阿布就带着阿玲的一张照片来问我。

"我想把她留在墨尔本,哪怕留在我心里也好。"

照片里阿玲的神情中仿佛带着几丝愠怒。阿布说,这是他叫住走在路上的阿玲,趁她回头时抓拍的。他说阿玲不喜欢拍照,邀她拍合影也总是逃掉。

阿玲有一头长而笔直的黑发,简直让人担心碰到她的头发会割伤自己的手。

"她的头发真美啊!"

我说着将照片还给阿布。

"没问题,我一直都想画一个东方的女人。"

只是,时间已经不多了。当时距离阿玲回国只剩下十天。

于是,我提议先画一幅草图。

草图半天就可以画完。仔细添笔的事,我打算留到后面再完成。

我做梦也没有想到,这件事影响了我未来的职业生涯。

一星期后,他们两人来到我住的那间小公寓。

阿玲站在阿布身后,显得有些紧张。她的皮肤白得近乎透明,又细又长的头发仿佛在发出簌簌的声响。

大概是为我考虑,阿布和阿玲只用英语交谈。阿玲的英语流利、发音标准,我说的话她大体也都能理解。

阿布和阿玲很相似。

不是长相和身高的相似,而是两个人在开朗——或说是坚强的外表下,都暗藏着一颗不安和胆怯的心。

阿布在屋子里走来走去,像在掩饰他的孤单。阿玲表情僵硬地坐在椅子上。

用木炭打好底稿后,肖像画的整体效果一下子鲜明起来。

红色的罩衫和蓝色的翠鸟胸针。

这两种颜色搭配起来,似乎不再需要其他颜色了。

我没有犹豫,只在调色盘中挤了红和蓝两种颜料。

蘸足蓝颜料的笔从雪白的图画纸上划过,先画下阿玲如流水般顺畅的长发。

我的脑海中灵光一闪——油画刮刀。

为什么会想到这样工具,连我自己也说不清楚。

这大概就是所谓的神示吧。

大脑深处仿佛有个东西猛地炸开了,又仿佛有光点从遥远的国度向我飞来。

在画水彩画之前,我尝试过用很多种画材作画——蜡笔、彩铅,也简单试过油画。

以画水彩为主之后,我已经很久没有动过油画刮刀了。此番我将它找出来,压抑着内心的急躁,重新站到画板面前。

接下来,我在涂成蓝色的阿玲的头发上添了少量的红颜料。这样一来,蓝里就掺了紫。趁着颜料还没干,我迅速用油画刮刀从上面划过。

刀刮过纸面,"唰啦"一声,画面上浮现出一根白线。

我感到自己抓住了诀窍。

原来我有如此得力的工具,可以完美地展现阿玲有光泽的秀发。

在此之前,我一直苦于自己的画缺乏个性。我画得无功无过,但很难被人们记住。我一直在找寻一种别人没有的、独特的东西。

我激动地画着头发,意识到自己终于找到了——或许,这就是我一直在找的东西。

令我感动的事不仅如此。很快我就目睹了一幕令人目眩的美丽情景。

之前一直喋喋不休的阿布突然沉默下来，不知从什么时候开始，他和阿玲的目光交织在了一起。我在他们身旁用笔和刮刀作画，强烈地感受到两人之间的气氛渐渐变得凝重。

这对恋人凝望着彼此，一句话都不说。

我再次仔细地观察阿玲。

你猜怎么着——眼前的她，不舍的神情中逐渐放射出夺目的光彩。

她的脸颊染上了玫瑰般的红晕，眉毛拧出了世间少有的动人曲线。

最美的是她的双眼，那双湿润的眸子竭力克制着激荡的情绪，盈满了对阿布的疼爱。

我一定要想方设法画下她此刻的模样。

我着魔般将阿玲的神情绘到图画纸上。对画画的人来说，能见证这样的瞬间，简直是无上的喜悦。

但片刻过后，我和阿布的友谊又占了画手身份的上风：他们明明这样喜欢彼此……

不久后，却要天各一方。

我偷偷瞟了一眼身旁的阿布，只见他的脸上拖着两行泪水。

就在连我也觉得心痛，准备把目光收回到图画纸上的时候——

我听到"咣当"一声巨响。

我诧异地抬起头,只见阿玲坐的那把椅子翻倒在地。

是阿玲起身过猛,弄翻了椅子。

几乎与此同时,阿布也从椅子上一跃而起。

两人用同样的速度向对方跑去,紧紧地、紧紧地拥抱在一起。

他们仍旧无话,只是哭着相拥,实实在在地确认了彼此的心意。

我完成了那幅草图,但没往下画更正式的版本。

因为没有这个必要了,我当场画下了那样迷人的场景,已经是莫大的幸运。后续再怎么加工,也不会画出更好的作品。

为这幅画取名为《草图》的人,是阿布。

他说,今后他和阿玲要描绘的未来,本身就是一幅草图。

他感激地对我说,要买下这幅画。

"价钱由杰克说了算。"

这价格要怎么定呢?表达感谢的人应该是我才对。

我思忖片刻,告诉他:"不用付钱啦。但作为交换条件……可以的话,能让更多的人看到这幅画吗?"

阿玲回国后，阿布笑着告诉我，他们的恋情"无限延期"了。

起初的一年，他们一面在学校读书一面谈异地恋。两个人好像都是第一次谈异地恋，想念并为对方着想的心情超越了无法见面的不安，温暖着他们彼此。

大学毕业后，阿玲在贸易公司找到了一份工作，和上大学时一样住在父母家。但没过半年，她就搬了出去。

因为阿布突然去了日本，这对他来说，无疑要下很大的决心。

日本是他一直想去却找不到契机，也没有勇气去的国度。

但他终于找到了胜过一切的理由——阿玲在那里。

可以说，把阿布带到日本的人是阿玲。"龙宫"这个词，阿布有时也会向我提起，这一次，他终于离开了龙宫。

第一次从墨尔本去日本，他几乎毫无依傍。

阿布来到了阿玲居住的城市，静冈。

两人在静冈租了一间公寓，开始一起生活。

名牌上写着两个人的名字：圆城寺苍，立花茜。

阿布靠自己的平面设计技能，在设计公司谋得了一份工作，逐渐适应了在日本的生活。

就这样，两人有了他们的梦想：存下钱，去东京开一家自己的画廊。

这个梦想实现得很顺利，几乎没遇到什么障碍。

他们有了一家位于东京市区的小小画廊。阿布的美术造诣很高，虽然换了国家生活，但画商方面的知识在某种程度上是相通的。业内对画廊的评价似乎也很好，都说"圆城寺画廊收藏了不少好作品"。阿布和阿玲挤在一间一室一厅的老房子里，付出全部的心血经营画廊，梦想也越来越大。

我听说，大概在三年后，他们便和好几家画廊共同开了个展览。这次展览的主要目的不是销售，而是让观众欣赏画作。

展览的理念是各家画廊拿出自己的"镇店之宝"。阿布在电子邮件中告诉我，《草图》也在此次的展品清单上。

那段时间，我的画在墨尔本已经小有名气。

画完《草图》后，我不断摸索油画刮刀的使用技巧，逐渐找到了自己的风格。第二年在一场比赛中获了个小奖，因此认识了不少业内人士，虽然机会不多，但至少有地方愿意发表我的作品了。油画刮刀成了我无可替代的伙伴。

此前几次拜托我去工作的那间画材店的老板将我的画挂在店里，这个办法也奏效了。看过画的人口口相传，一点点扩大了我的知名度。虽然只以画画谋生还是很辛苦，但收到一个订单后再来找我的回头客也渐渐多了起来。

"你要不要来日本玩？我请你去参展呀。"

我欣喜地接受了阿布的邀请，这是我有生以来第一次去日本。

这是久违的重逢,与阿布和阿玲,以及《草图》的重逢。

让我吃惊的是,阿玲把头发剪短了。不过短发也很适合她,显得她很有魅力。当时的她已经年过三十,但笑容比《草图》中的红衣女孩更天真、更愉快。

心意相通的两人正把人生过得愈加丰富多彩,我眯着眼睛望着这一切。能够见证他们的人生,我觉得很光荣。

还有一场让我始料未及的、奇迹般的重逢。

展览在活动现场的《草图》被装裱在一个很棒的画框里,那个画框完美到几乎令我惊叹出声。它漂亮又低调,同时有种宽厚的包容感。画框四角雕刻着潇洒的羽毛,最打动我的是压箔的颜色——带了几丝青色调的、朴素的金色,既低调又高雅,也和画的色彩形成了绝妙的搭配。

业内人士所说的"完美的婚姻",恐怕就是如此。

"我是请画框工匠做的。"阿布说。

这位工匠究竟是个怎样的人?怎么会如此理解、如此喜爱我的画作?

"他说他今天也会来看展览的。"

于是,我满心欢喜地等来了那个人——

空知。

他看到我便目光炯炯,像只小狗一样一路小跑过来,然后用英语结结巴巴地讲起我们在墨尔本的画材店认识时的事。讲到一半便抱着脑袋，笑得满脸皱纹地用日语连珠炮般对阿布说了一通，要他帮忙翻译。

我当然还记得他，那个眼睛一眨也不眨地看着我那幅艺术中心速写的日本青年。我还记得，他当时给我画了红色的东京塔。

第二天，我们几个一起登上了东京塔。这是我在东京期间想去的地方之一，所以大家选择了这里。

从展望台俯瞰城市时，空知叹了口气，用日语对阿布说了些什么，眼睛有些湿润。阿布温柔地笑了笑，然后用英语转达给我："他说，原来梦想也能超越梦想。"

听说，空知为了见我，曾想再去一趟墨尔本。却没想到我们这么快就能在日本重逢，还一起登上了东京塔。

我的心情也和你一样啊，空知。我做梦也不曾想过，《草图》竟能有一个如此舒适的居所。这幅画和这个画框会长相厮守的。

那之后不到十年，我从阿布的信中得知圆城寺画廊即将关张。

快四十岁的时候，我的个人展览已经开到了日本。毫无疑问，是托圆城寺画廊的福。多亏他们积极地推荐我的作品，每当有客人或媒体请他们推荐画家时，他们便第一个报上我的姓名。

可另一方面，阿布在画廊的经营心态上似乎出了问题。

喜欢画、身边都是画、向人推荐画、卖画……或许阿布逐渐发现了，本以为只有快乐的工作也有自己无法逃脱的阴暗面，所以越来越痛苦了吧。

"再这样下去，我做的事就和父亲、母亲没有区别了。"

他在信中这样写道。

艺术和生意纠缠在一起，无论怎样都会有无法两全的一面。只凭对画或画家的热情是不够的。有时候会勉强买下不想买的商品，有时候也不得不眼看着自己想推荐的画被随意对待。私下的不正常交易也是行业内令人无法忽视的一面。

尤其让阿布烦恼的，是画的"价值"。

一幅画的价格是变化不定的，阿布有时很难理解这件事。

为什么这幅画会是这个价格？无论价格是高还是低，每当市场价格和他的设想不符的时候，阿布便无法做出下一步的行动。

听说他和阿玲开始不停地争吵，阿玲好像比阿布更擅长从实际利益的角度思考问题。为了把画廊经营下去，有些事必须假装看不见。把握住这个原则，逐渐把生意做大就行了。她觉得，所谓的做生意就是这么一回事。

"原来我的想法一直是错的。原来画的价值不是由作者本身决定，而是由别人来决定的。这简直不讲道理。"

就这样，阿布让出了画廊经营者的位置。

在阿玲看来，阿布现在才这样做恐怕是很可笑的。因为画商的工作本就是如此。

我大概能理解阿布的想法。

在我寂寂无闻的时候，没有任何人有兴趣看一眼我早期的画作，后来我的其他作品获得了好评，且随着杰克·杰克逊这个名字逐渐为人所知，我早期画作的价格也猛然抬高了。

尽管那些画还是从前的样子，一点也没有改变。

变的是这个世界的价值观，和作者本人的想法无关。

阿布的焦躁与苦恼，大概是因为他是真心喜欢画吧。

但现在的我有了不同的想法。

对一幅画来说，随着看过它、喜欢它的人越来越多，它似乎也会渐渐地成长。这就是画的神奇之处：脱离作者之手后，它仿佛就有了自己的力量。

这是怎么回事呢？也许所有的艺术作品都会在人们的眼中和心中再次焕发生机。我单纯地认为，这是一种类似于祈祷或意念的东西，源自欣赏画作的一方，而非画作本身。

圆城寺画廊关张后，阿布和阿玲开了一家名为"Cadre"的咖啡厅。在法语中，"cadre"有"画框"的意思。店名中蕴含着阿布的心思：他虽然不再做画商，却仍然没有放下对绘画的热情。

阿布似乎很享受开这家咖啡厅的时光，阿玲却好像兴致不高。两人若是能吵架还好说，可阿布告诉我，阿玲渐渐变得沉默寡言了。

尽管如此，咖啡厅里还是挂了很多他们喜欢的画，来访的客人都说那里简直像家画廊，从这个角度看来，或许这才是阿布真正想要见到的光景。

也是从这段时间开始，阿布因为不喜欢剃完胡子后下巴上青色的印记，干脆留起络腮胡子来。

一次，这家咖啡厅被杂志社用作两位漫画家的对谈场地。阿布将收入那期对谈的杂志寄了一份给我。

对谈登在一张彩页上，文章正中间放了一幅大照片。

两位漫画家名叫高岛剑、砂川凌。照片中，《草图》挂在他们的身后。阿布不知道，我看到这张照片时有多幸福。

然而，Cadre 的经营也没能长久。

最重要的原因是在开店七年左右时，一家大型连锁咖啡厅开在了离 Cadre 很近的地方。原本就不多的客流一下子断了，阿布和阿玲招架不住连续的赤字，只好关店。

在这之后，两人开始各自寻找新的工作。

在开圆城寺画廊和咖啡厅的时候，阿布就会利用在设计公司掌握的技能，独立设计海报和小册子。咖啡厅关张后，他以自由职业者的身份，仰仗过去的老主顾，做起了设计类的工作。

阿玲则开始在一家进口杂货店工作。

杂货店的老板名叫由里，是阿玲在墨尔本留学期间打工时认识的前辈。回国后，两人仍然保持着适度的往来。听说由里在得知咖啡厅关店后，主动向阿玲伸出了橄榄枝。

Lilial 的寓意是白百合的辉光。听到这个店名的时候，我情不自禁地点了点头。

在墨尔本邀请阿玲参加烧烤派对的人好像也是由里。若是没有她，阿布和阿玲恐怕就不会相遇。

人这一生真是有趣。没有人知道在幕后推动自己命运的人在哪里，往往连命运的推动者本人，也不觉得自己做了什么大不了的事——我越来越这样认为。

两年前。

一月的末尾，阿布一个人来到了墨尔本。

我当时刚从悉尼开完个人展览回来，带回了画廊和展室托付的一堆工作，整个人手忙脚乱的。

收到阿布的信息后，我挤出时间，去他下榻的酒店大厅见面。他似乎没有告诉父母自己来墨尔本的消息。

不知道为什么，阿布面色惨白。

"……我是来把它还给你的。"

他轻轻地递给我一个厚实的大布袋。

望着他忧郁的神情,我很快便意识到袋子里装的是什么了——《草图》。

阿布讷讷地简单向我交了底。

阿玲离开了两人租住的公寓,她说想试着一个人好好度过今后的人生。

"我一直有一种担忧:或许是我搅乱了阿玲的人生。她总是陪着我做我想做的事,可我最终却一事无成。如果她想一个人过下去,我觉得,我就不能再打搅她了。"

我瞄了一眼袋子里面,看到了白色的包装纸。我的画被放在画框里装了箱,又在外面仔细地做了一层包装,像送礼物一般郑重其事。

阿布恐怕是不舍得用航空邮件来寄送这幅画,只想小心翼翼地将它抱过来,交到我手上。

他露出一个虚弱的笑容,说:"抱歉,我没法再留着这幅画了。尽管如此,我又不能将它处理掉或是送掉、卖掉。所以,请允许我将它还给你。"

我点点头,小心地从他的手中接过那个布袋。

"……这样就行了。"

阿布低着头,声音颤抖。

我平静地问:"你要回墨尔本吗?"

他沉默了一会儿,望着桌边。

然后他的神情忽然放松下来,说了一番和我的问题不太相关的话。

"现在的墨尔本正值盛夏,日本却是寒冬。杰克,很奇妙吧?公寓的窗户结露结得厉害,不打扫不行。"

想来,阿布也许就是在那时下定了决心。

一面祈祷着阿玲能够幸福,一面在曾和她一起居住的公寓里守候。

在阿玲随时可以回去的地方守候。

那个地方一定也是阿布的归处,即使没有阿玲也一样。

这样的地方,世上只有一个。

去年二月。

我有段时间不知该怎么联系阿布,正在这时,他又打来了电话。

他有些害羞地告诉我,阿玲回来了。

还告诉我,他们打算再开一家画廊。

我想，阿布肯定不好意思要我把《草图》拿回去。

要是他能把《草图》挂在新画廊里就好了，不过，我和之前的他一样，也不想用航空邮件将画送去，而是想亲手交给他——连同他之前的包装，原封不动地交给他。

所以我秘密地计划，想等新画廊开张的时候拿着画去见他们。

然而，我的计划出现了一些出乎意料的变动。

今天早上，阿布打来了电话。

自他告诉我他和阿玲重归于好后，又过去了一年。

"画廊终于定在下下个月开张啦。"

"恭喜。"我衷心地献上祝福。

早前放弃了圆城寺画廊的阿布，为什么又要开一家新画廊呢？他利落地向我做了说明。

在和阿玲分别的一年里，阿布思考了很多，也见识了很多，在摸索中面对了自己的人生。阿布在墨尔本的时候跟在父母身边，到了日本便和阿玲一起生活，这是他第一次有时间独自面对自己。

听说，他也曾有过情绪不稳的时候，或是连续很多天明明很累却睡不着。幸好他遇到了一只猫并饲养了它，是猫给了他安稳的感觉。

最终阿布还是决定选择画商这条路。

决定将自己真正看好的画家的作品推荐给大家。

此时的阿布已经和当初那个跟阿玲一起仅凭一腔热血来到东京打拼的年轻人不同了，经验、知识储备、人脉都已经不可同日而语。解决各类问题的眼光和精神内核，都逐渐得到了锻炼。看来变老也不坏——阿布笑了。

阿布的父母离开他们的父母，逃离了日本。

而阿布离开他们，又回到了日本。

大概如今的他已经不会再为自己是谁、该在哪里而迷茫了吧？

阿布在电话那头说："还有呢，关于那幅《草图》，我还是想让你把它拿回来……"

啊，这样的话，我就给你们拿过去嘛——我刚要回答，他却抢在我前面又说："我本来是这么想的，但又觉得，今后还是让它永远留在杰克你那边吧。"

"嗯？"

"照如今的情况，它大概还是在你身边能被更多的人看到。"

阿布果断地说。

他的意思表达得很明确：在他眼中，我已经成了被世人认可的画家。

并且，他温柔地笑着说："我有预感，从今往后，我和她要在人生中开始正式的创作了。"

我也不由自主地笑了。

是啊，他说得没错。

草图之中含着画师的意志，以它为基础，一定可以完成正式的作品。

对阿布和阿玲来说，只有用他们的双手才能完成人生这部作品。

"阿玲还好吗？"我问。听说去年她身体抱恙，一直没去 Lilial 上班。

"嗯。"阿布高兴地回答，"最近她在看店呢。还有，下个月，在画廊开张前，我们打算去一趟墨尔本。不知道能不能和你见一面。"

"那我当然欢迎！"想到他们和和美美地坐飞机的样子，我就喜不自胜。

挂断阿布的电话后，我走到专门存放作品的小屋里。

如今的我除了自己的房子，还有一间工作室。

我在工作室里画画、开会，有时还会接受采访。

小屋里有一只被我珍重存放的布袋。

我终于拆开了包得像礼物一样严实的箱子。

《草图》从箱子里露了出来。

这是我与它久违的重逢。

这幅画是我在三十一年前完成的，我今年已经五十一岁了。

我对着《草图》喃喃地道："多么漫长的旅程啊。

"你一定见过很多我没见过的风景吧？

"一定遇到过各种各样的人吧？

"他们当时在想些什么、说些什么？

"这些我都无从得知。但这样很好，非常好。

"你做到了我做不到的事，我很开心。

"我现在仍然是一位画家，很多地方都有人为我策展，我还出版了好几本画集，很多国家的人都知道我的名字。

"我还有了一间自己的工作室，大小几乎能开个人展览了。

"一些自称是我粉丝的人支持我，他们喜欢我的画，期待我的画。也多亏了他们的支持，我才能走到现在。

"这一切的源头都是你。

"一切都源于油画刮刀从画面上划过的那个瞬间。

"我平庸的画作有了不平庸的个性。

"成为画家不再是我的梦想。自那一刻起，我便成了画家杰克·杰克逊。"

我小心地举起画框,将《草图》挂到墙上。

挂到我平日里画画、停留时间最长的地方。

这是使我成为画家的画。

画有不死之身。

即使画家故去,只要有人欣赏,画作便可以永生。

"请在这里督促我。

"督促我不忘初心,不忘记曾经那个连买一根素描铅笔都要节衣缩食的自己。

"请在这里鼓励笔耕不辍的我。

"如果发现我有妄自尊大的倾向,请立即将我骂醒。"

我站在这幅挂在墙上的画前。

用只有我能懂的语言,对被美丽画框拥着的《草图》说了许许多多。

望着这幅令人喜爱的画,我面露笑意。

啊,真是一幅好画。

AKA TO AO TO ESQUISSE
Copyright © 2021 by Michiko AOYAMA
All rights reserved.
Original Japanese edition published by PHP Institute, Inc.
This Simplified Chinese edition published by arrangement with
PHP Institute, Inc., Tokyo in care of Tuttle-Mori Agency, Inc., Tokyo through Pace Agency Ltd.

© 中南博集天卷文化传媒有限公司。本书版权受法律保护。未经权利人许可，任何人不得以任何方式使用本书包括正文、插图、封面、版式等任何部分内容，违者将受到法律制裁。

著作权合同登记号：图字 18-2024-015

图书在版编目（CIP）数据

被定格的红与蓝 /（日）青山美智子著；烨伊译 . —— 长沙：湖南文艺出版社，2024.4
ISBN 978-7-5726-1608-2

Ⅰ. ①被… Ⅱ. ①青… ②烨… Ⅲ. ①中篇小说－小说集－日本－现代②短篇小说－小说集－日本－现代 Ⅳ. ① I313.45

中国国家版本馆 CIP 数据核字（2024）第 015524 号

上架建议：畅销·日本文学

BEI DINGGE DE HONG YU LAN
被定格的红与蓝

著　　者：	[日]青山美智子
译　　者：	烨　伊
出 版 人：	陈新文
责任编辑：	匡杨乐
监　　制：	邢越超
策划编辑：	韩　帅　万江寒
特约编辑：	王　屿
营销支持：	文刀刀
版权支持：	金　哲
封面设计：	沉清 Evechan
版式设计：	梁秋晨
内文排版：	百朗文化
出　　版：	湖南文艺出版社
	（长沙市雨花区东二环一段 508 号　邮编：410014）
网　　址：	www.hnwy.net
印　　刷：	天津丰富彩艺印刷有限公司
经　　销：	新华书店
开　　本：	875mm×1230mm　1/32
字　　数：	138 千字
印　　张：	6.75
版　　次：	2024 年 4 月第 1 版
印　　次：	2024 年 4 月第 1 次印刷
书　　号：	ISBN 978-7-5726-1608-2
定　　价：	49.80 元

若有质量问题，请致电质量监督电话：010-59096394
团购电话：010-59320018